JEAN-LOUIS GRANDIDIER

L'ENFANT, LE SAGE ET LE VIRUS

ÉDITIONS MAÏA

Découvrez notre catalogue sur :

https://editions-maia.com

Un grand merci à tous les participants de *simply-crowd.com* qui ont permis à ce livre de voir le jour :

BRIGITTE BALTZINGER
FRANÇOIS BERLINGER
FLORENCE BOUCHET MONERET
MARIE-AGNÈS BRANSIECQ
LAURENCE CARLACH
NICOLAS CARLACH
ANNE CIMETIÈRE
SOPHIE DRAUX
BERNARD EICHHOLTZER
FAMILLE GEISSER
ANNE GNAT
VALENTIN GOUTAGNY
PHILIPPE GRAFF
PATRICK GRANDIDIER
MARIETTE HOSSENLOPP
PATRICE KNORR
GÉRARD LAGOUTTE
CATHERINE LINEL
JEAN-MARIE LIPS
SONIA LOEWERT
ODETTE MARCILLY
JACQUES MULLER
CLAIRE NIEDERGANG
ÉRIC RENNO
MARIE-THÉRÈSE RICHTER
DENISE RUSCH
MAISON SAINT-MICHEL
ÉVELYNE SALVANT
GABRIEL SANGREGORIO
ANGÉLIQUE SAUNIER
NICOLE SCHEEG
MARGUERITE SCHMITT
MARIE-LUCIE SCHMITT
ISABELLE SCHNEIDER
EWAN SCHWEITZER
WENDY SCHWEITZER
MONIQUE TINGUELY
MARIE-ROSE ZIMMERMANN

Nos livres sont éthiques et durables : économes en papier et en encre, ils sont conçus et imprimés en France.

ISBN 978-2-37916-776-8
Dépôt légal : septembre 2021

Elle était assise dans l'herbe au pied d'un arbre fruitier en fleur, vêtue d'une robe ample sur laquelle ses longs cheveux blonds dessinaient des vagues ondulantes qui jouaient avec le soleil.

De son regard bleu azur, elle observait la nature s'éveiller.

Les abeilles butinaient le pollen sur les fleurs grandes ouvertes, les oiseaux volaient en une nuée en s'égosillant dans une ronde effrénée, les vaches ruminaient au loin dans un beuglement de satisfaction.

Son attention portée à la nature témoignait d'une grande ouverture d'esprit malgré son jeune âge, et il transparaissait chez elle une curiosité et une soif de connaitre le monde qui l'entourait.

Nombre de jeunes dans ses relations et même chez les plus âgés n'avaient pas cette faculté de s'ouvrir au monde extérieur.

Ses yeux balayaient sans cesse ce paysage baigné de lumière qui changeait au gré de la course de l'astre dans un ciel bleu sans nuages.

Mille questions taraudaient son esprit, non pas que l'inquiétude la rongeait, oh non, elle aimait beaucoup trop la vie pour cela, simplement elle essayait de comprendre ce qu'elle avait sous les yeux, ce comportement des gens déboussolés, qui avaient perdu tous leurs repères suite à la propagation du coronavirus qui les confinait chez eux avec toutes leurs libertés restreintes au minimum.

Et puis, cette planète qui s'arrête d'un seul coup

de tourner, ou plus exactement les activités humaines qui se mettent au repos forcé sur la directive de leurs dirigeants.

La Terre, du haut de ses 5 milliards d'années, et le vivant sur cette même planète, présent depuis 3 milliards d'années, n'avaient pas attendu la présence de l'Homo sapiens pour savoir ce qu'ils avaient à faire.

Il y a longtemps déjà qu'elle se posait des questions, bien avant cette crise.

Pourquoi l'être humain soumettait-il la nature selon ses bons vouloirs, pourquoi détruisait-il tout son environnement, pourquoi éliminait-il toutes les espèces vivantes, pourquoi, pourquoi…

Ces constatations la plongeaient dans un abime de perplexité.

Elle sentait bien un décalage entre son ressenti et les décisions de ses congénères qui la contrariaient, mais son jeune âge, s'il lui permettait de s'émerveiller du monde dans lequel elle évoluait ne lui donnait pas l'accès à la compréhension des évènements qui se produisaient sous ses yeux. Elle cherchait en vain la réponse à toutes ces interrogations.

Il était assis auprès d'elle, ses cheveux bouclés et sa longue barbe blanche contrastaient avec sa peau cuivrée creusée par les années.

Un sourire esquissé à la commissure de ses lèvres témoignait d'une grande empathie envers la fillette et une grande bonté se dégageait de cet homme profondément ancré dans cette nature qu'il aimait tant.

Il la regardait s'émerveiller et découvrir cet environnement paisible et bucolique mais devinait au fond de son regard sa soif d'apprendre et de réaliser ce qui se passait autour d'elle.

Ne voulant pas la brusquer, il la laissait réfléchir en devinant ses intentions.

Il partait du principe de toujours respecter son interlocuteur, quel qu'il soit et de toujours attendre les questions qu'on lui posait avant de répondre sans à priori.

Sans questions, il se gardait bien d'intervenir au risque de contrarier celle ou celui qu'il avait en face de lui.

Il en avait fait sa règle de vie et n'entendait pas déroger à ses principes surtout vis-à-vis de cette enfant qui avait tout à apprendre de la vie.

La crise du coronavirus s'était emparée du globe terrestre tout entier et les réactions des uns et des autres partaient dans tous les sens, révélant les fractures de ce monde qui se croyait devenu tout puissant et invincible à grand renfort de technologie moderne.

Elle osa se lancer.

L'enfant : C'est affreux ce qui se passe en ce moment avec ce coronavirus !

Le sage : Oui, ce sont des moments très pénibles pour beaucoup de monde.

L'enfant : Mais, comment en est-on arrivé là ?

Le sage : Vois-tu mon enfant, c'est une longue histoire. Depuis qu'il est sur Terre, l'être humain a toujours voulu aller plus loin, plus haut, plus vite, tout comprendre, tout maitriser.

Cela a commencé il y a plusieurs dizaines de milliers d'années.

À l'époque, il était chasseur, pêcheur et cueilleur

et était à peu près en osmose avec son milieu, c'est-à-dire qu'il n'impactait pas de façon négative son environnement.

Les réserves étaient assez abondantes et si une tribu de plusieurs centaines d'individus se trouvait confrontée à une autre, il lui suffisait de se déplacer de quelques kilomètres pour trouver de quoi se nourrir.

Il était nomade à ce moment-là, se déplaçant au gré de ses besoins.

Puis il s'est sédentarisé, c'est-à-dire qu'il a cessé de migrer d'un endroit à un autre, a inventé l'agriculture en maitrisant des techniques de plus en plus évoluées.

Ce faisant, il s'est regroupé dans des villages puis des villes de plus en plus importantes jusqu'aux mégalopoles de plusieurs millions d'habitants que nous connaissons aujourd'hui.

L'enfant : Et alors ?

Le sage : À partir du moment où il s'est approprié des terres pour faire pousser de quoi subsister, il lui a bien fallu défendre son bien.

L'enfant : C'est normal de protéger ce que l'on produit.

Le sage : Sauf que le voisin a voulu lui aussi profiter de ce bien, d'où la nécessité de construire dans un premier temps une palissade en bois vite dépassée par des techniques de guerre ne permettant plus de se défendre, détruite qu'elle fût par des flèches enflammées et des béliers capables d'enfoncer les portes.

L'enfant : Qu'est-ce qu'il s'est passé ensuite ?

Le sage : Il a fallu construire un mur plus solide en pierre lui aussi devenu vulnérable suite aux boulets envoyés par les canons.

L'enfant : Et ?

Le sage : On en arrive à aujourd'hui où les peuples se sont renfermés sur eux-mêmes, craignant « l'étranger » et se défendant à l'aide de puissantes armées dotées d'armes de dernières générations alors qu'au départ, il y avait la Terre partagée par tous et n'appartenant à personne.

L'enfant : Et la conséquence des villes dans tout ça ?

Le sage : Il se passe aujourd'hui la même chose que ce que l'on a déjà vu il y a quelques années avec l'élevage des canards en batterie.

Lorsqu'un canard qui est dans la nature est contaminé par un virus, il peut le transmettre à ses congénères soit quelques dizaines d'individus tout au plus autour de lui et l'épidémie s'arrête là.

Mais pour ce qui est de ces pauvres bêtes enfermées dans des fermes collées les unes aux autres à raison de plusieurs milliers par bâtiment, si un seul animal est touché, le reste du cheptel se retrouve contaminé à son tour générant l'abattage d'animaux par dizaines de milliers dans la région.

L'enfant : Mais les hommes dans les grandes villes, c'est la même chose alors ?

Le sage : Exactement, tu as compris ce qui nous arrive.

Imagine un de nos ancêtres qui nous verrait entassés dans nos immeubles, nos voitures ou nos trains et nos avions, que penserait-il de nous ?

Aujourd'hui, passer des heures enfermé dans une voiture pour faire quelques kilomètres, être transporté dans un avion pendant toute une journée ou faire la queue dans un grand magasin pour régler à la caisse ne fait plus réagir grand monde, tout cela est normal, nous l'avons intégré.

Mais tout ceci justement n'est pas un mode de fonctionnement naturel, et comme les canards, si une épidémie débarque au beau milieu de ce monde grouillant, et bien c'est la catastrophe.

L'enfant : Mais au Moyen-Âge, il y avait déjà des pandémies.

Le sage : Oui, essentiellement dans les villes qui contenaient déjà plusieurs milliers d'habitants.

Ces pandémies sont arrivées avec la sédentarité lorsque l'Homme a commencé à élever en masse les animaux pour se nourrir.

Des maladies bien connues aujourd'hui remontent à environ 10 000 ans comme la rougeole d'origine bovine ou la coqueluche attribuée au porc ou encore la grippe liée au canard.

Même le SIDA provient du contact de l'Homme avec des singes.

L'enfant : Mais le monde entier est touché !

Le sage : Oui, c'est normal, les moyens de

transport modernes nous permettent de traverser les continents en quelques heures, donc de contaminer la totalité de la planète en quelques jours.

Nous avons transformé la planète en un grand village.

L'enfant : Mais ils disent que ce sont principalement les gens qui ont des problèmes de santé et surtout les personnes âgées qui décèdent.

Le sage : Oui ce sont les plus vulnérables, c'est logique.

Il est à noter tout de même qu'il ne faut pas confondre vieillesse et maladie.

Des personnes âgées sont en pleine forme et traversent même l'épidémie sans dommages alors que d'autres bien plus jeunes se retrouvent dans un état critique.

L'enfant : Mais on ne peut pas laisser mourir autant de gens en même temps !

Le sage : Tu sais, jusqu'au début du 20e siècle, l'être humain avait très peu d'emprise sur les maladies ou les accidents qui lui arrivaient.

Les gens mouraient et cela maintenait un certain équilibre sur Terre.

Pense qu'au début du 19e siècle, nous n'étions qu'un milliard d'humains sur la planète, alors qu'un siècle et demi plus tard, nous sommes 7 milliards.

À partir de 2030, nous serons 9 milliards et 11 milliards après 2050 !

L'enfant : Mais pourquoi une telle évolution ?

Le sage : Tant qu'il n'avait pas accès aux soins comme aujourd'hui, l'Homme disparaissait, on appelait cela la sélection naturelle, seuls les plus robustes résistaient et pouvaient survivre.

Cela fait plus de 3 milliards d'années que le vivant fonctionne comme cela.

Fait intéressant d'ailleurs, on s'est aperçu que suite à la dernière grande canicule en France en 2003, la mortalité avait reculé les deux années suivantes.

L'enfant : Qu'est-ce que cela veut dire ?

Le sage : Que les personnes décédées cette année-là le seraient de toute façon à brève échéance, la situation n'ayant amputé leur espérance de vie que de quelques mois.

Maintenir en vie des personnes âgées dépendantes, grabataires, avec de multiples pathologies à grand renfort de médicaments, certaines souffrant d'isolement, peut-on appeler cela de la bienveillance ?

L'enfant : Vous pensez que c'est de la maltraitance ?

Le sage : La question mérite au moins d'être posée.

L'enfant : Et alors ?

Le sage : Alors, depuis qu'il a découvert les nouvelles technologies et les produits chimiques, les vaccins avec l'aide de ses puissants ordinateurs, l'Homme a décrété : STOP !

Si, jusqu'à aujourd'hui, la nature s'équilibrait

toute seule, et bien à partir de maintenant, celui qui décide, c'est MOI !

L'enfant : Mais c'est naturel de vouloir aider quelqu'un qui est en souffrance.

Le sage : Oui, sauf que nous sommes pris à notre propre jeu.

Le fait de soigner des gens pendant des années à grand renfort de produits chimiques a permis d'augmenter l'espérance de vie, je dis bien l'espérance de vie, pas la durée de la vie.

Au Moyen-Âge et même au temps des Romains, il y avait déjà des centenaires, certes en très faible nombre mais ils existaient, preuve que physiologiquement, nous sommes identiques à nos ancêtres et aujourd'hui, personne ne vit jusqu'à 130 ou 150 ans.

Et cela a tout chamboulé, à partir de ce moment-là, la population mondiale s'est mise à croitre de façon exponentielle pour arriver à la situation actuelle.

L'enfant : Mais c'est triste de mourir !

Le sage : Bien sûr, mais il faut bien que tu comprennes que si, sans la vie il n'y a pas de mort, sans la mort, il n'y a pas de vie.

Tu te rends compte, si tous les gens vivaient jusqu'à 100 ans au lieu de disparaitre en fonction des évènements ou si nous pouvions vivre jusqu'à 130 ou 150 ans, nous serions peut-être 50 milliards ou 100 milliards d'individus sur Terre ce qui rendrait la vie tout bonnement impossible !

D'ailleurs, la planète ne nous le permettrait pas n'ayant pas assez de ressources.

L'enfant : Mais les gens ne veulent pas disparaitre.

Le sage : Écoute, l'important, dans un premier temps c'est d'accueillir les nouveaux nés avec amour et bienveillance.

La seule façon de vivre longtemps et en bonne santé, c'est d'aimer les gens, de les respecter, de respecter notre environnement, de se respecter soi-même et tout ceci est beaucoup plus efficace que tous les médicaments que l'on pourra trouver.

Ensuite, nous devons accompagner les ainés avec empathie, c'est le meilleur moyen de préserver leurs vieux jours.

Puis lorsque l'heure est venue, il faut se résoudre à quitter ce monde qui nous a vus naitre, c'est comme ça, et cela s'appelle l'Acceptation.

L'enfant : Et toutes ces questions qui font débat sur la fin de vie, doit-on laisser les personnes s'en aller naturellement ou les prolonger ?

Le sage : Effectivement, c'est très difficile, surtout aujourd'hui.

L'enfant : Pourquoi surtout aujourd'hui ?

Le sage : Parce qu'avec les moyens qui sont à sa disposition, l'être humain n'accepte plus d'être soumis aux lois de la nature.

Il est complètement déconnecté de la Terre qui le porte et ne comprend plus que l'on puisse mourir ou tout simplement souffrir.

De plus, il se retrouve face à un choix impossible, puisqu'il en a les moyens, préfère-t-il mourir ou continuer de vivre ?

Or ce choix, il y a encore quelques dizaines d'années n'existait tout simplement pas.

C'est un problème lié à l'Homme moderne, une grosse question éthique, maintenant que l'on est capable de soigner beaucoup de maladies, que fait-on ?

L'enfant : Mais il y a des dizaines de milliers de personnes qui meurent d'un coup même dans nos pays modernes !

Le sage : Effectivement, c'est très impressionnant et cela peut faire peur, mais sache que cette situation aurait été moindre dans des temps plus anciens car ces mêmes personnes nous auraient déjà quittés plus jeunes en raison d'autres pathologies.

De plus, nos modes de vie actuels concernant notre nourriture ou notre activité physique accroissent le problème.

L'enfant : Pourtant nous vivons plus longtemps.

Le sage : C'est que la médecine moderne a dans un premier temps permis de sauver des vies mais que notre façon de vivre aujourd'hui est en train de la contrebalancer.

L'enfant : Mais depuis longtemps ?

Le sage : Cela fait quelques siècles que les médecins se posent des questions pour savoir comment parvenir à surmonter les maladies et soigner les blessés.

Mais plus particulièrement depuis le 20e siècle, et notamment dans sa deuxième partie, l'évolution fulgurante a permis des progrès considérables qui ont permis de repousser les limites au-delà de tous les espoirs.

L'enfant : Même pour les animaux ?

Le sage : Pour les animaux comme pour les êtres humains.

L'enfant : J'ai lu que les éléphants ou les abeilles s'éloignent du troupeau ou de la ruche pour mourir à l'écart.

Décidément, cette petite n'avait pas ses yeux et ses oreilles dans sa poche, pensa-t-il.

Le sage : Oui, c'est vrai, dans la nature, cela se fait naturellement, mais chez l'Homme, son évolution ne lui permet plus de se contenter de suivre le fil de l'Histoire, il doit intervenir, il doit maitriser la chose.

L'enfant : À propos des abeilles, j'ai vu que les apiculteurs les nourrissent avec de la pâte en hiver et du sirop au printemps, puis ils tuent les reines chaque année pour les remplacer par de plus jeunes fécondées artificiellement puis ils les emmènent très loin pour butiner d'autres fleurs et ils réunissent dans une même ruche deux essaims, un fort et un faible avant l'hiver.

Mais dans la nature, les abeilles, elles se gavent de nourriture l'hiver ?

Le sage : Non, elles hivernent sur leurs provisions faites l'été.

L'enfant : Et la reine, elle est tuée chaque année ?

Le sage : Non, elle essaime naturellement au bout de 2 ou 3 ans pour laisser la place à une plus jeune.

L'enfant : Et elles partent loin pour butiner ?

Le sage : Non, en moyenne elles se déplacent jusqu'à un kilomètre de la ruche, plus loin, elles se fatigueraient trop.

L'enfant : Et les essaims se mélangent avant l'hiver pour se renforcer ?

Le sage : Non, chaque essaim possède sa reine et reste uni dans la vie comme dans la mort, il ne fait qu'un, il peut être considéré comme un être à part entière.

L'enfant parut troublée, ce qu'il remarqua par son regard un peu perdu, ne sachant plus ce qu'il fallait en penser.

L'enfant : Mais alors, le... l'apiculteur, il fait... tout le contraire de l'abeille ?

Il eut un regard plein de compassion envers la fillette, elle avait tellement raison.

Le sage : Oui, malheureusement, cela fait partie de sa stratégie, de tout maitriser.

L'enfant : Mais pourquoi ?

Le sage : Nous en revenons toujours au même

vois-tu, l'humanité s'étant tellement développée qu'il lui faut toujours trouver plus à manger avec toujours plus de profits et cette façon de faire reflète totalement son état d'esprit et nous permet de comprendre pourquoi la Terre souffre tant aujourd'hui.

D'ailleurs, cela se retrouve dans son langage.

On pose des ruches pièges pour capturer des essaims, on élève des canards ou des poules en batterie.

Piéger, capturer, batterie de canons ou de mitrailleuses, ce sont des termes purement guerriers utilisés en temps de conflits qui en disent long sur l'état d'esprit de l'Homme.

On ne capture pas un essaim, on l'accueille ou on le récupère à la limite.

On ne pose pas une ruche piège mais une ruche refuge.

L'enfant : Le sens n'est pas vraiment le même.

Le sage : Pas vraiment non.

Si je t'accueille dans un hôtel ou un restaurant ou si je te capture dans un camp ou une prison, qu'en dis-tu ?

L'enfant : On est à l'opposé du message que l'on veut faire passer.

Le sage : Je ne te le fais pas dire.

Un ancien apiculteur à qui on posait la question pourquoi tuer la reine chaque année pour la remplacer par une plus jeune répondit un jour : « Vous connaissez une équipe de Formule 1 qui ne change pas ses moteurs à la fin de l'année ? »

L'enfant : Comparer les abeilles aux voitures de course, cela fait froid dans le dos !

Le sage : C'est tout à fait représentatif de notre société moderne pour qui le rendement prime sur tout le reste, la fin justifiant les moyens.

L'enfant : Et pourtant, l'abeille souffre depuis si longtemps déjà.

Le sage : Oui cela fait une quarantaine d'années que le varroa est arrivé dans les ruches du monde entier.

L'enfant : C'est quoi le varroa ?

Le sage : C'est un petit acarien venu d'Asie déjà, dans les années 80 par le transit de marchandises par bateau et qui se fixe sur les abeilles et leur suce l'équivalent de leur sang ou qui niche dans le couvain et empêche le développement des jeunes larves.

L'enfant : On parle aussi de frelon asiatique ?

Le sage : Oui lui aussi est arrivé de la même façon, du même endroit, un peu plus récemment et se nourrissant d'abeilles en vol qui peut mener à la disparition, comme le varroa, des colonies entières d'abeilles.

L'enfant : Alors, le varroa pour l'abeille, c'est comme le COVID-19 pour l'être humain ?

Le sage : C'est un peu la même chose, sauf que concernant seulement les apiculteurs et n'entravant pas ou peu la bonne marche de l'économie mondiale, et notamment l'industrie lourde ou les nouvelles technologies, cela restait une affaire locale. On attribue à Albert Einstein la phrase suivante : « Si les abeilles disparaissaient l'être humain n'aurait plus que 4 ans à vivre. »

L'enfant : Mais pourtant les apiculteurs manifestent depuis longtemps contre cela.

Le sage : Oui et maintenant que l'humanité tout entière est impactée, cela révèle au grand jour l'ampleur du désastre.

L'enfant : Concernant les animaux toujours, j'ai vu que le changement d'heure en passant de celle d'hiver à celle d'été posait problème aux agriculteurs pour la traite des vaches ou pour les mener aux champs parce qu'elles étaient stressées.

Décidément, ce coronavirus nous emmenait bien loin dans la réflexion, preuve s'il en était que l'être humain confronté au confinement se retrouvait face à lui-même, bien obligé qu'il était de mener une introspection qui le renvoyait à sa propre image.

Le sage : Tu sais, le changement d'heure est aussi une invention de l'homme moderne, pour de sombres raisons d'économie d'énergie, mais le problème est que physiologiquement, une vache ou un chien ou encore une abeille ne vivent pas en fonction de ce que leur intime l'Homme mais par rapport à la course du soleil, raison pour laquelle les animaux soumis à l'être humain sont déstabilisés si on change leurs horaires que ce soit pour la traite, les soins divers ou autre.

De plus, l'horaire d'été est en avance de deux heures comparé au soleil ce qui crée un décalage générant du stress.

L'enfant : Mais j'ai entendu beaucoup de gens dirent qu'ils n'aimaient pas le changement d'heure.

Le sage : Bien sûr, l'être humain n'est qu'un animal relevant des mammifères même s'il possède une voiture, un ordinateur ou un smartphone, il mange, il dort ou il se déplace tout comme une vache, un lion ou un éléphant.

Le décalage le perturbe tout autant que le reste du vivant.

Il n'y a que lui pour être assez fou pour penser que le soleil et la Terre vont tourner à la vitesse qu'il souhaite.

L'enfant : Mais grâce à son intelligence, il pense maitriser les choses alors que les animaux ne le peuvent pas.

Le sage : C'est bien là le problème, tu vas comprendre.

L'être humain se comporte en terrain conquis, sa façon de voir les choses est la suivante.

D'un côté, la Terre avec tous les végétaux, des moustiques, des insectes divers et variés, des poissons, des mammifères, des virus qui aux dires des spécialistes peuvent être considérés comme faisant partie de la chaîne du vivant au même titre qu'un crocodile ou une mouette, même s'ils ne peuvent pas vivre tout seuls, tout cela existant sous diverses formes depuis des millions d’années. Cette Terre tout entière est soumise à la faim insatiable des Hommes, de nouvelles ressources pour assouvir leurs besoins croissants.

De l’autre côté, l’HOMME soumettant tout son environnement selon ses besoins ou plutôt ses envies, ce qui est fondamentalement différent, et entre les deux, une barrière infranchissable.

Funeste erreur, en fait l’être humain est un tout petit d’homme intégrant la chaine du vivant et ayant pour prédateur tour à tour un requin, un crocodile, un serpent venimeux ou un virus.

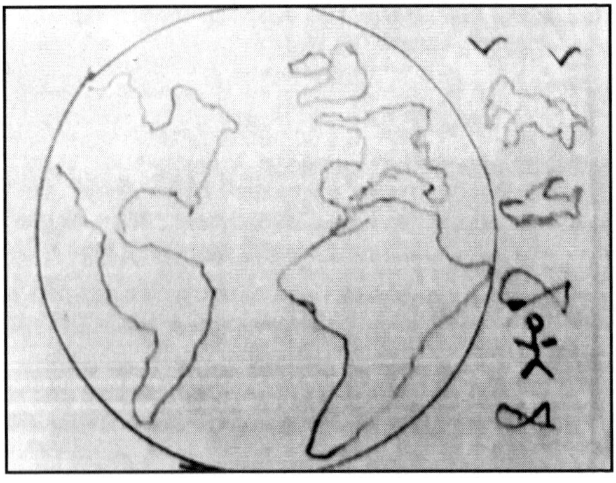

L'enfant : Mais il pourrait tout détruire sur Terre

Le sage : Sache qu'aujourd'hui, le thon rouge disparait de la Méditerranée en raison de la surpêche, la sardine a déserté les côtes françaises pour les mêmes raisons et le requin se fait rare en mer de Chine.

Pour ce dernier, les pêcheurs, après avoir capturé leur proie, lui coupent l'aileron apprécié dans certains plats exotiques générant de juteux profits et le relâchent comme cela dans l'eau, voué à une mort certaine.

Une réflexion attribuée à Geronimo, chef sioux disait : « Quand l'Homme n'aura plus rien pour se nourrir et qu'il aura tout détruit, il s'apercevra que l'argent ne se mange pas. »

L'enfant : Mais il y a encore de l'espoir pour les animaux, pendant le confinement, j'ai vu des tas de fleurs dans les pelouses devant les maisons avec des insectes que je n'avais jamais vu en si grande quantité.

Le sage : Oui c'est normal, l'herbe n'est plus coupée, les sociétés paysagères n'ayant plus le droit de travailler, de sorte que les différents pollinisateurs s'en donnent à cœur joie devant cette abondance qu'ils ne connaissaient plus depuis des décennies.

Dans sa vision de tout normaliser et tout réduire à sa botte, les jardins sont aussi le reflet de notre conduite.

L'enfant : C'est-à-dire ?

Le sage : Et bien il suffit de regarder comment sont entretenus les espaces verts, qu'ils soient publics ou privés, les pelouses sont tondues à ras, régulièrement pendant tout le printemps de sorte qu'il n'y a plus de fleurs, plus d'adventices, c'est une terre morte.

L'enfant : Mais il y a des jardins magnifiques !

Le sage : Tout dépend de ce que l'on appelle magnifiques, si c'est juste pour le coup d'œil, effectivement de belles choses sont réalisées, mais si l'on se réfère au vivant, c'est-à-dire ce qui est naturel, force est de constater que ces jardins sont d'une très grande pauvreté.

Le résultat est amplifié par l'utilisation de pesticides et d'insecticides qui réduisent à néant le sol vivant.

Il suffit de prendre une poignée de terre de ces jardins, il n'y a rien, c'est vide, cela ne sent rien alors que la même quantité de terre en pleine forêt révèlera une bonne odeur d'humus et grouillera de vie avec des vers de terre de toutes sortes.

Sache que dans une poignée de terre prélevée en sous-bois, il y a autant d'êtres vivants que d'êtres humains sur Terre !

L'enfant : Mais c'est beaucoup d'efforts de retourner la terre, de couper l'herbe, de désherber, il faut respecter ce travail.

Le sage : Justement, dans son idée de bien faire et surtout de tout réduire à son idée plutôt que de laisser faire la nature, tout ce travail est destructeur, la terre retournée met tout sens dessus dessous et abime le sol et la vie qui y est associée.

L'enfant : Alors c'est comme si on cassait leur maison ?

Il eut un regard plein de compassion.

Le sage : Oui, c'est exactement ce qui se produit, c'est comme si une grosse machine venait broyer ta chambre ou retournait ta salle à manger, mais encore une fois, l'être humain moderne, loin de son environnement n'a plus conscience de tout cela.

Il faut laisser le sol tel quel, sans le retourner, tout au plus aérer la terre à l'aide d'outils prévus pour cela et laisser les adventices, les fameuses « mauvaises herbes » faire leur travail de nourrir la terre et surtout ne pas la laisser complètement nue comme on le voit trop souvent dans des potagers.

C'est comme les feuilles mortes, elles sont systématiquement soufflées, aspirées, la terre est grattée, il ne reste rien au sol.

L'enfant : Pourtant, toutes ces feuilles, en se décomposant nourrissent le sol non ?

Le sage : Oui bien sûr cela fait partie du cycle de la vie.

L'enfant : Alors non seulement on pollue la nature avec tous nos produits mais en plus on la prive de nourriture !

Il baissa les yeux l'air attristé.

Le sage : Oui tu comprends maintenant pourquoi les sols s'appauvrissent et en contrepartie on utilise des engrais pour l'enrichir artificiellement !

L'enfant : Mais c'est le monde à l'envers !

Alors les gens vont bien s'apercevoir avec tous ces changements imposés que nous faisons fausse route, qu'il faut s'y prendre autrement.

Il regarda l'enfant tendrement, avec de la tristesse dans les yeux.

Le sage : Tu sais, je crois malheureusement qu'une fois passé le confinement, tout le monde aura hâte de reprendre son rythme et de retrouver ses objets de consommation et la vie d'avant.

L'enfant : Alors tout cela n'aura servi à rien ?

Le sage : Il faut espérer que non, l'on peut penser qu'un certain nombre d'êtres humains vont se poser des questions, les bonnes questions et engendrer un mouvement plus important, il ne faut pas sous-estimer la puissance d'une minorité sur le plus grand nombre.

Mais il faut se préparer à des temps difficiles.

L'enfant : Vous n'êtes pas très optimiste ?

Le sage : Non, cela ne sert à rien et peut même être dangereux et nous faire passer à côté de choses importantes en se disant que ce n'est pas grave, que nous y arriverons.

L'enfant : Il y a pourtant de quoi être pessimiste non ?

Le sage : Non, surtout pas, à l'inverse de l'optimisme, le pessimisme nous fait voir les choses pires qu'elles ne le sont et peut nous bloquer dans notre action.

L'enfant : Quoi faire alors ?

Le sage : Être réaliste, tout simplement, de façon à être le plus résilient possible à toutes les catastrophes en cours et qui vont s'amplifier dans les années à venir. De plus cela permet d'éviter la sidération qui peut être très perturbante.

L'enfant : Vous n'avez pas l'air étonné de ce qui nous arrive.

Le sage : Si je suis étonné, mais pas de la situation.

L'enfant : Alors de quoi ?

Le sage : Je suis étonné que les gens soient étonnés.

L'enfant : Pourquoi ?

Le sage : Cela fait un moment que nous sommes alertés sur les échéances qui arrivent, que ce soit le réchauffement climatique, la perte de biodiversité ou la pollution.

L'enfant : Mais justement, cela fait des années que certains alertent sur la dégradation de notre milieu d'une façon générale donc cela devrait bouger.

Le sage : Effectivement, une prise de conscience est en train d'émerger depuis un certain temps, mais le fait est que l'humain n'agit que sous la contrainte.

On peut faire le parallèle avec l'écoulement de l'eau, qui comme une petite rivière ou un grand fleuve se dirige toujours au plus facile contournant çà et là les obstacles, l'être humain privilégie le plus simple, le moins contraignant.

On n'a jamais vu un cours d'eau escalader les montagnes.

L'enfant : Mais il y a de plus en plus d'initiatives qui vont dans le bon sens, les réunions au niveau mondial, les défilés, les prises de position au niveau local ou à titre personnel.

Le sage : Oui cela bouge et on assiste à certains changements mais même en pleine crise du coronavirus, de nombreux dirigeants anticipent déjà le redémarrage en espérant reprendre le plus vite possible l'activité maximale voire de rattraper une certaine partie qui aura été perdue en raison du confinement.

L'enfant : Pourtant, des voix s'élèvent pour dire qu'au contraire nous aurions dû nous arrêter plus tôt pour limiter la propagation du virus et menacent même de règlements de comptes.

La perspicacité de l'enfant l'amenait à réfléchir sur la condition humaine.

Le sage : Il faut retenir une chose.

Il n'y a pas de gens agressifs, il n'y a que des gens qui ont peur.

L'enfant : C'est-à-dire ?

Le sage : Lorsqu'il prend peur, l'être humain cherche des responsables et même des coupables, il n'arrive pas à se remettre en cause et encore moins à chercher en quoi, à titre individuel il peut être à l'origine de la situation.

L'enfant : Et alors ?

Le sage : Le monde d'aujourd'hui est censé nous apporter une protection absolue quoiqu'il nous arrive, du moins le croit-on, raison pour laquelle l'humain s'en prend à ses congénères et l'accuse de tous les maux.

L'enfant : Quoi par exemple ?

Le sage : Si la maison brule, c'est la faute des pompiers, si nous sommes cambriolés, c'est la faute de la police, si le malade décède, c'est la faute du médecin ou du chirurgien, si la route est impraticable en raison de chutes de neige, c'est la faute des services techniques qui n'ont pas mis de chasse-neige à disposition même si cela doit servir une journée tous les dix ans !

L'enfant : Mais en quoi le pompier est-il responsable si un court-circuit met le feu à la maison ?

Le sage : En rien.

L'enfant : Et la police si des malfaiteurs courent les rues ?

Le sage : En rien.

L'enfant : Et le médecin ou le chirurgien si la personne tombe malade ou se blesse ?

Le sage : En rien.

L'enfant : Et les services techniques si la neige tombe du ciel ?

Le sage : En rien.

L'enfant : Pourquoi tant de violence alors ?

Le sage : À partir du moment où l'humain ne gère plus la situation, il lui faut un exutoire. Il y a quelques millénaires, il s'en remettait à des dieux imaginaires, puis ont suivi les religions monothéistes, puis la science a pris le pouvoir que la politique a repris à son compte.

On doit pouvoir faire confiance à l'homme de science ou à celui qui a le pouvoir, certains appartenant à ces corps de métiers ont d'ailleurs été trainés en justice pour ne pas être intervenu à temps ou n'avoir prétendument pas agi à bon escient, ce qui à postériori est toujours facile à critiquer.

On peut toujours féliciter ceux qui avaient soi-disant tout prévu une fois que la crise est arrivée.

L'enfant : Finalement, nous ne sommes pas plus forts qu'avant ?

Le sage : En fait plus notre civilisation gagne en puissance, plus elle devient vulnérable.

Nous ne faisons que pallier les défaillances que nous créons.

L'enfant : Pourquoi ?

Le sage : La puissance développée par les machines grâce aux énergies fossiles comme le pétrole, le gaz ou le charbon nous a permis d'accomplir de grandes choses comme la construction de villes gigantesques et tout ce qui s'y rattache comme les routes, les aéroports, les grands magasins et autre.

De même comme nous l'avons déjà vu, les moyens de communication modernes ont permis de connecter des populations entières.

Mais tout ceci a un gros inconvénient, car cela suppose que tout fonctionne en temps réel.

Nous avons tous besoin les uns des autres, tous les échanges étant mondialisés.

Depuis les fameuses trente glorieuses, ces années après la dernière guerre mondiale où tout était permis et où la consommation a cru de façon exponentielle, que certains d'ailleurs appellent maintenant les trente calamiteuses, nous n'avons fait que détériorer notre environnement.

L'enfant : C'est ce qui a permis aux gens de vivre en liberté avec tout le confort moderne, de bien manger, de se soigner, de profiter des vacances et beaucoup d'autres choses encore.

Le sage : Justement, c'est bien là le problème.

L'enfant : Pourquoi ?

Le sage : L'ancêtre de l'homme moderne est apparu en Afrique voilà plusieurs millions d'années.

Soit dit en passant, nous sommes tous des

descendants de ces êtres vivants rendant de ce fait caduque l'hypothèse que les Blancs seraient supérieurs aux Noirs ou à d'autres « races ».

L'enfant : C'est faux évidemment ?

Le sage : Bien sûr, tout d'abord le concept de « race » est erroné dans la mesure où n'importe quel être humain à partir du moment où se constitue un couple mâle et femelle est capable de procréer.

Nous sommes donc tous physiologiquement identiques.

L'enfant : Mais il y a bien des blancs et des noirs et des jaunes.

Le sage : Ce processus n'est qu'une évolution des êtres humains au fur et mesure où ils ont dû s'adapter à l'environnement.

Si les gens du Nord sont blancs et blonds, c'est pour capter la lumière plus rare et plus froide qu'en équateur, si les Asiatiques ont les yeux bridés, c'est pour se protéger des vents violents et de la réverbération de la neige dans la Toundra.

L'enfant : Alors mon arrière, arrière, arrière... grand-mère était Africaine ?

Il eut un sourire malicieux.

Le sage : Oui en quelque sorte.

Donc reprenons, à l'époque, l'endroit où il se trouvait était propice à la vie, que ce soit au niveau du climat, de la nourriture et des ressources diverses, mais son intelligence lui a permis de s'émanciper de cet environnement.

L'enfant : C'est-à-dire ?

Le sage : Aucun être humain aujourd'hui n'est capable de vivre en dehors de la zone de l'équateur sans les moyens modernes dont il dispose.

L'enfant : Pourtant, l'Homme habite partout sur la planète, sur tous les continents, sous toutes les latitudes.

Le sage : Alors je vais te poser une question.

Si tu n'avais pas de quoi te nourrir avec de l'alimentation livrée tous les jours par camion, si tu n'avais pas d'électricité ou de fioul pour te chauffer, si tu n'avais pas d'habitation en béton armé pour te protéger des orages, des tempêtes ou de la canicule, comment ferais-tu ?

L'enfant :... Eh bien, je ne sais pas, ils faisaient comment avant ?

Le sage : Le monde dans lequel nous vivons n'est pas naturel, il est artificiel d'autant plus avec les technologies modernes.

Sans le pétrole et tous ses dérivés, nous ne serions pas arrivés là où nous en sommes.

Tu vas comprendre avec un petit exemple.

Il fallait un siècle en moyenne pour construire une cathédrale au Moyen-Âge, il faut un an pour construire une tour de 200 mètres de haut aujourd'hui.

Merci le pétrole !

L'enfant : C'est pour cela que l'Homme se croit tout puissant, invincible, immortel alors ?

Le sage : Effectivement, il a perdu pied au sens propre du terme avec la Terre qui le porte.

La possession d'ordinateurs, de smartphones, de voitures, de fusées n'indique en rien qu'il soit devenu différent, il a toujours besoin de boire, de manger, de se chauffer, de se protéger.

Or il suffit qu'un simple virus s'immisce dans le système tel un grain de sable et la belle machine s'enraye.

L'enfant : Pourtant, le monde moderne est bien le fruit de notre intelligence ?

Le sage : Exact, et le problème vient justement de cette contradiction entre ce que la Terre est capable de nous donner et ce que l'être humain veut en tirer.

La crise actuelle nous permet d'assister à des scènes de courage, de dévouement, d'héroïsme incroyables que ce soit des personnels soignants, des aidants ou des gens du quotidien qui à leur manière apporte leur contribution.

Et c'est là que nous nous retrouvons confrontés à la dure réalité.

L'enfant : Pourquoi, c'est normal de s'aider non ?

Le sage : Oui, sauf que d'un côté, tout le monde est horrifié par le nombre de décès et se mobilise pour sauver des vies, ce qui est une réaction tout à fait humaine et que de l'autre nous sommes tout aussi impuissants à gérer une population qui grandit de jour en jour et que la Terre ne peut plus supporter.

L'enfant : Mais on arrive encore à vivre ensemble correctement.

Le sage : Hélas, comme nous le disions déjà, nos modes de vie et notre surpopulation nous conduisent déjà à la surexploitation, à la surconsommation, à la surpollution et au surendettement, 50 % des espèces d'animaux sauvages ont déjà disparu de la surface de la Terre depuis ces cinquante dernières années, et nous ne sommes « que » 7 milliards d'individus.

Arrivés à 11 milliards, qu'arrivera-t-il ?

L'enfant : Mais c'est bien grâce aux vaccins entre autres que l'on arrive à se soigner, alors si nous mourons beaucoup moins aujourd'hui des épidémies, c'est bien dû aux découvertes des chercheurs ?

Le sage : C'est vrai et c'est ce qui nous amène à cette surpopulation qui devient critique.

L'enfant : Alors, c'est la faute de ces chercheurs ?

Il sourit devant la candeur de la fillette.

Le sage : Non, on ne peut pas dire cela, mais plus que la recherche fondamentale, ce sont les applications que nous en tirons aujourd'hui qui montrent leurs limites.

L'enfant : On a créé une situation qu'on ne maitrise plus alors ?

Le sage : C'est un peu cela oui, le progrès est en train de se retourner contre nous.

L'enfant : Mais un vaccin, c'est déjà une modification de notre corps qui n'était pas prévue pour résister à telle maladie ou seulement par une minorité.

On est un peu génétiquement modifié non ?

Le sage : Il est clair que nous intervenons sur la résistance de l'être humain face à son environnement oui.

L'enfant : Que devrait-on faire alors ?

Il prit sa respiration, réfléchit un moment et parut embarrassé.

Le sage : Dans l'idéal, on devrait laisser les choses se passer, laisser faire la nature, mais c'est aujourd'hui humainement impossible.

Certains responsables s'y sont d'ailleurs essayés en lançant l'idée mais ont dû rapidement revenir dessus sous la pression des peuples.

L'enfant : Mais ce n'est pas humain de laisser mourir les gens.

Le sage : Effectivement mais soigner tout le monde et prolonger la vie de tous depuis des années a engendré la surpopulation actuelle et plus encore celle de demain, or on le sait d'ores et déjà, ce ne sera pas soutenable pour les générations futures.

D'ici la fin du siècle, ce sont potentiellement 3 milliards d'êtres humains qui ne pourront plus vivre normalement là où ils sont aujourd'hui en raison du réchauffement climatique, de la surpêche, de la pollution, etc.

Est-ce plus éthique d'agir comme cela ?

L'enfant : On entend les gens dire : « On va l'avoir ce virus de m..., on va la tuer cette salop... de virus ! »

Le sage : Oui, c'est une réaction de peur tout à fait normale.

La fillette parut embarrassée.

L'enfant : Mais... si ce virus se répand si vite, si fort, c'est bien parce que l'être humain a envahi la Terre, se déplace partout, se concentre dans des grandes villes et qu'il est allé peut-être défricher des zones à risques.

Le sage : Oui, c'est exact à ceci près que ce virus ne se déplace nulle part.

L'enfant : Comment ça il ne se déplace nulle part ?

Le sage : Tu peux poser ce coronavirus sur une paillasse de laboratoire et revenir dix ans plus tard, il sera toujours là, il n'a ni pattes, ni ailes lui permettant d'aller et venir à sa guise.

Quand je dis dix ans, c'est un trait d'humour, d'après les scientifiques, au bout de quelques jours voire de quelques heures, il disparait de lui-même.

L'enfant : C'est l'homme qui le transporte alors ?

Le sage : Ce virus se fixe dans les cellules de l'être

humain qui, se déplaçant à une telle vitesse et avec une concentration de population jamais atteinte auparavant fait que l'humanité tout entière est atteinte en quelques semaines.

L'enfant : Donc quand on s'affole de cette propagation, c'est finalement juste un constat, nous prenons simplement conscience de la vitesse à laquelle nous, êtres humains, nous déplaçons !

La perspicacité de l'enfant le stupéfia encore une fois.

Le sage : Oui, c'est exactement cela, l'Homme a besoin de tels séismes pour comprendre enfin dans quelle voie il s'est engagé.

L'enfant : Et ce virus, comme tous les autres ainsi que les bactéries ou les champignons sont bien sur Terre depuis des millions d'années.

Le sage : Effectivement et c'est parce qu'il « perturbe » ses activités en créant de gros dégâts que l'être humain se révolte.

L'enfant : C'est comme lorsque l'on dit qu'il y a des « mauvaises herbes » dans le jardin ou des « animaux nuisibles ».

Le sage : L'être humain entend tout mener à sa guise et il est vrai que si un fait quelconque vient perturber ses plans, plus rien ne va.

L'enfant : Alors, si l'on considère le vivant dans

son ensemble avec toute la complexité que cela implique, et si les animaux pouvaient parler, l'abeille à qui l'Humain a retiré toute la biodiversité, qui l'asperge de pesticides et qui a importé tout un tas de parasites pourrait dire : « On l'aura cet Homme de m..., ou "Hommes nuisibles" ou "mauvais Hommes", on les aura ces salop... d'êtres humains ! »

Le sage : C'est juste.

L'enfant : Et le requin à qui l'on coupe juste l'aileron avant de le relâcher pourrait dire : « On l'aura cet Homme de de m... »

Le sage : Oui.

L'enfant : Et l'éléphant que l'on tue juste pour prendre l'ivoire de ses défenses pourrait dire : « On l'aura cet Homme de m... »

Le sage : Oui.

L'enfant : Et la baleine, et l'ours blanc, et le rhinocéros, et le thon rouge, et... !

Le sage : Oui, ce qui se passe, c'est qu'étant déconnecté de la Terre qui l'accueille, l'être humain n'a plus conscience de ce qu'il fait, il n'est plus en relation avec le vivant qui le côtoie.

L'enfant : Mais que l'Homme tue l'abeille ou le requin ou l'éléphant ou bien que le virus tue l'Homme, c'est bien la même chose, c'est la sélection du vivant de façon naturelle.

Le sage : Oui sauf que l'Homme dans sa « grande intelligence » ne l'entend pas comme cela, et d'après lui, la technologie moderne, le fameux « progrès » devrait le mettre à l'abri de tous ces « tracas ».

C'est une prise de conscience un peu brutale qui le renvoie à sa condition d'être humain, simple maillon de la chaine du vivant et non pas super héros indestructible.

L'enfant : Mais il est en lutte perpétuelle.

Il veut tuer le virus, éliminer les « mauvaises herbes », éradiquer les « animaux nuisibles » et quand des gens meurent des suites d'une longue maladie, on dit qu'ils se sont battus vaillamment avec courage et qu'elle a eu le dessus, pourtant elle n'est pas tombée du ciel la maladie.

Mais c'est toujours la guerre !

Le sage : L'Homme moderne a effectivement beaucoup de mal à faire une introspection de sa personne.

Il ne prend plus le temps de vivre, de s'écouter, de respirer tout simplement.

On pourrait résumer la maladie en : le mal a dit ou le mal à dire.

Le corps, cet allié précieux doit être respecté et écouté, c'est un bon indicateur de notre santé mentale.

Comme on dit, un esprit sain dans un corps sain.

Les accidents ou les maladies surviennent lorsque nous ne sommes plus en accord avec nous-mêmes, c'est de la violence que nous retournons contre nous.

Un être humain qui n'est pas en paix avec lui-même ne peut pas être en paix avec son environnement et le détruit le plus souvent dans l'inconscience la plus complète de la même façon qu'il se rend malade.

L'enfant : Et maintenant il s'aperçoit que c'est vital de boire, manger, être en bonne santé.

Le sage : Hippocrate, médecin grec avant Jésus-Christ disait : « Que ton aliment soit ton médicament. »

Il avait déjà cette conscience de vivre en harmonie avec les biens que la nature nous offre.

L'enfant : Mais aujourd'hui, nous avons les moyens de prévenir la maladie, ce n'est pas comme à l'époque.

Le sage : Les différents tests, radios, scanners, analyses en tout genre ne nous exonèrent pas de faire de la prévention.

L'enfant : Mais on entend dire qu'il faut justement faire de la prévention en se rendant régulièrement chez le médecin.

Le sage : Non, ces préconisations sont déjà de l'interventionnisme de la technologie moderne qui consiste à détecter une maladie à son début pour la stopper à l'aide de traitement.

L'enfant : Ce n'est pas très naturel.

Le sage : Non en effet, la vraie prévention consiste à vivre en harmonie avec notre environnement, à nous poser les bonnes questions et à nous interroger en permanence sur notre rapport à la vie, à nos gestes, à la façon de nous nourrir, à notre relation aux autres ce qui doit amener à ce que la maladie ou l'accident ne surviennent pas.

Une fois que cela est arrivé, il est très tard pour ne pas dire trop tard pour réagir, ou en tout cas avec beaucoup de désagréments.

L'enfant : Cela implique beaucoup de questions, une remise en cause perpétuelle et beaucoup de gens ne sont pas prêts ou ont peur de découvrir ce qui les attend.

Le sage : Il ne faut pas avoir peur !

Nous avons tous la réponse au fond de nous-mêmes.

L'expérience, la lecture, le contact avec des personnes bienveillantes peuvent nous aider.

L'enfant : Mais certains diront que ce n'est pas raisonnable de vivre comme cela sans tous ces contrôles, que c'est vivre dangereusement.

Le sage : Alors enlève le dernier mot et reformule la fin de ta phrase.

L'enfant :... Euh... vivre comme cela sans tous ces contrôles, c'est vivre.

Le sage : Voilà tout simplement. Sache, mon enfant, que le corps humain a des capacités absolument phénoménales pour s'adapter à son environnement, il faut le laisser s'exprimer et surtout l'écouter.

L'enfant : Ce n'est pas nouveau alors cette réflexion sur notre environnement.

Le sage : La présence d'un agriculteur, d'un transporteur, d'une caissière de grand magasin ou d'une infirmière rassure effectivement et permet de se relier à l'essentiel.

Si une leçon est à tirer de cette tragédie, ce sera peut-être de remettre l'Humain à sa place, au centre de la société plutôt que de privilégier la rentabilité au profit de quelques-uns.

L'enfant : Il y a quelque chose d'impressionnant avec tout cela, on se rend compte que l'on a un besoin vital de l'agriculteur local que tout le monde s'empresse de soutenir, mais de grands patrons de société d'envergure ou des responsables de service sont réduits à rien ou presque.

Le sage : Oui c'est la remise à sa place de l'indispensable devant l'inutile ou du moins le futile, en tout cas une chose qui n'est pas vitale pour la survie de l'humanité.

Il y a tout juste un siècle et demi, la voiture, l'avion, l'ordinateur, le téléphone et bien d'autres choses encore n'existaient pas ce qui n'empêchait pas de vivre et de vivre heureux même.

Un jour, j'ai rencontré un homme qui avait vécu sous l'occupation lors de la Deuxième Guerre mondiale et qui m'a dit ne jamais avoir souffert de la faim alors que les habitants des grandes villes et notamment de la capitale avaient subi des crampes d'estomac, obligés qu'ils étaient de faire la queue avec des tickets de rationnement pour quémander un peu de beurre ou un quignon de pain.

L'enfant : Comment avait-il fait ?

Le sage : Oh, c'est très simple, il vivait avec sa sœur et ses parents, or ceux-ci possédaient une maison en zone semi-rurale.

Ils avaient des ruches, donc du miel, donc du sucre.

Puis une chèvre, donc du lait.

Puis des canards et des pigeons, donc de la viande.

Puis des poules, donc des œufs.

Puis un potager et un verger, donc des légumes et des fruits qu'ils mettaient en conserve pour le reste de l'année.

L'enfant : Un simple paysan s'en sort donc mieux qu'une famille aisée dans une grande ville en cas de pénurie ?

Le sage : Oui, c'est ce que l'on appelle la résilience, c'est-à-dire la capacité à s'adapter aux évènements.

Un habitant d'une grande métropole dépendant de toute une chaine logistique pour son approvisionnement en denrées vitales est incapable de résister au moindre imprévu.

Une grande ville d'aujourd'hui a une quantité de nourriture en stock d'environ trois jours, passé ce délai, si elle n'est plus approvisionnée, c'est la faim qui guette ses habitants.

On attribue à Winston Churchill la réflexion suivante : « Qu'est-ce qui sépare la paix de la barbarie ? »

L'enfant : Je ne sais pas.

Le sage : La réponse est : 5 repas !

Privé de son grand magasin, le citoyen lambda

n’a même plus de quoi se nourrir et au bout de 5 repas non assouvis, c’est la guerre pour la survie ce qui nous amène donc à redécouvrir la règle des 3.

L’enfant : La règle des 3 ?

Le sage : Oui, ce qui prime c’est tout simplement notre survie immédiate qui peut se résumer ainsi :

3 secondes d’inattention,
3 minutes sans oxygène,
3 heures sans régulation thermique,
3 jours sans boire,
3 semaines sans manger.

Passer ces délais, nous sommes en danger de mort, ni plus, ni moins.

L’enfant : Mais tout ça, on n’y pense jamais.

Le sage : Bien sûr que non, notre monde moderne pourvoit à tout le nécessaire et bien plus encore à tout le superflu et même carrément à l’inutile.

Revenir aux fondamentaux, c’est quelque chose que nous sommes en train de redécouvrir tout simplement.

Les gens qui se sont rués dans les magasins, y allaient-ils pour acheter le dernier smartphone, une télévision ou une voiture ?

L’enfant : Non, pour acheter du riz, des pâtes, des œufs et de la farine.

Le sage : Ce qui met bien en avant les priorités que nous avions complètement oubliées.

L'enfant : Donc aujourd'hui, un boulanger de quartier est plus recherché et respecté que le grand patron d'une compagnie aérienne ?

Le sage : Absolument, oui, ce que confirme notre comportement actuel.

L'enfant : Mais si l'économie ne repart pas, on dit que ce serait la catastrophe, du chômage, des gens ne servant plus à rien.

Le sage : Auparavant, dans les siècles passés, le seul but était de survivre donc de manger, en premier lieu puis de se protéger du froid, du chaud, des intempéries et des animaux sauvages.

Aujourd'hui, combien faut-il de temps à tes parents pour préparer le repas, pour se chauffer ou s'éclairer ?

L'enfant : Euh, quelques minutes le temps d'appuyer sur un bouton ou de s'approvisionner dans le magasin à côté.

Le sage : Voilà, nous y sommes, l'être humain s'est émancipé de toute cette recherche, de tous ces efforts qui lui prenait le plus clair de son temps à l'image de ces rares peuples primitifs d'Afrique ou d'Amazonie que nous voyons encore en chasse la plus grande partie de la journée juste pour trouver de quoi se nourrir.

L'enfant : Et nous, on a plus besoin de tout cela ?

Le sage : Non justement, le temps libéré nous a

permis d'entreprendre beaucoup de choses.

L'enfant : Seulement tout s'est arrêté…

Le sage : Oui, l'industrie, les transports, les services sont à l'arrêt donc nous n'avons plus rien à faire.

L'enfant : Mais on dirait qu'il faut occuper les gens comme des enfants un jour de pluie qui se retrouvent désœuvrés parce qu'ils ne peuvent pas sortir.

Il sourit devant cette évidence.

La vérité sort toujours de la bouche des enfants dit-on.

Évidemment, eux n'ont pas encore conscience de ce qui se joue, des enjeux des « grands », de leurs jeux qu'ils prennent très au sérieux.

Le sage : C'est vrai, l'Homme moderne a construit tout un monde virtuel autour de lui, encore plus depuis l'avènement des nouvelles technologies de l'information et de la communication.

Et cela se retrouve dans tous les aspects de la vie courante.

L'enfant : Quoi par exemple ?

Le sage : Le fait de chercher de la nourriture, que ce soit à l'état sauvage du temps de nos ancêtres ou plus près de nous avec les nombreux agriculteurs du siècle précédent qui passaient du temps aux champs demandait beaucoup d'énergie.

Aujourd'hui, plus d'efforts à fournir, alors on invente des clubs de sports, de musculation, de coaching pour rester en forme.

L'enfant : Tout cela n'existait pas avant ?

Le sage : Non, pas besoin, lorsque tu as passé huit heures aux champs à biner, récolter ou arroser, crois-moi tu ne vas pas faire une séance de sport le soir venu !

L'enfant : C'est comme les clubs de rencontre, ils ouvrent partout.

Le sage : Évidemment, tout se fait à distance avec les nouvelles technologies, on peut commander ses courses par internet, payer à distance et se faire livrer sans même être présent, résultat, le client se retrouve bien fourni sans avoir rencontré âme qui vive !

Bien obligé alors de recréer artificiellement le lien perdu.

L'enfant : Mais même les compétitions sportives quelles qu'elles soient, les matchs, les rencontres dans les stades ou sur les terrains ou sur les circuits, tout est annulé !

Le sage : C'est pour éviter les contacts entre les gens, c'est toujours la même chose, ce sont les mouvements de masse.

Un constat pourrait prêter à sourire, si ce n'était le côté dramatique de la situation.

Certains départements du centre du pays, considérés auparavant comme reculés, se vidant de leur population, qu'il fallait impérativement désenclaver sous peine de les voir mourir, eh bien ce sont des endroits où le virus ne circule quasiment pas.

Ironie du sort, ce sont des lieux privilégiés que tout le monde envie !

L'enfant : Et pour le sport alors, on annonce une catastrophe économique.

Le sage : Il en est du sport comme du reste de l'économie.

On encense le sport à travers ses vertus que sont l'entraide, le gout de l'effort ou le bienfait sur le corps et l'esprit.

L'enfant : Mais c'est avéré.

Le sage : Bien sûr, tu as raison oui, mais aujourd'hui, une compétition internationale qui brasse des milliards d'euros à l'échelle planétaire entre les droits de publicité, les retransmissions télévisées et tout le reste, on peut dire sans trop se tromper que c'est 10 % de sport et 90 % de business.

Il est démentiel qu'une poignée d'individus se partagent des milliards alors que des pays entiers vivent sous le seuil de pauvreté.

L'enfant : Mais l'agriculture aussi est en grande difficulté.

Le sage : Bien sûr, comment en serait-il autrement ?

Le bon sens paysan, l'Homme près de la Terre, tout cela c'est du folklore !

Non pas que l'agriculteur moderne prenne du plaisir à tout détruire autour de lui à l'aide de semences

OGM ou de pesticides, simplement il est pris en étau dans un monde impitoyable de concurrence déloyale exacerbée par les lobbys.

Il n'a pas le rôle de destructeur que certains voudraient lui faire endosser, il est une victime collatérale du monde business.

Comme tout ce que l'Homme a entrepris ces dernières années, tout est dans la démesure, et la résilience de tous ces évènements face à un imprévu est quasiment nulle, la preuve, c'est que tout est à l'arrêt.

La fillette commençait à comprendre ce malaise qu'elle constatait tout autour d'elle.

L'enfant : Pourtant avec tous les moyens de communication modernes dont nous disposons, cela permet de rester en contact non ?

Le sage : C'est virtuel, regarde ce qui se passe dans les transports en commun, tout le monde a les yeux rivés sur sa tablette, son smartphone ou son ordinateur, plus personne ne se parle ou ne se regarde.

C'est parce que les gens se servent de leurs outils de communication qu'ils ne communiquent plus !

L'enfant : Et toute cette publicité qui est faite justement pour rejoindre tous ces clubs ou pour s'offrir tous ces produits, ces bijoux, ces objets du quotidien, cela fait envie.

Le sage : Oui cela incite à consommer encore plus.

L'enfant : Et pourtant, il parait qu'on ne pourra

bientôt plus en profiter, les matériaux qu'on utilise pour fabriquer nos objets connectés, nos bijoux, nos voitures ou autres deviennent rares et détruisent la nature.

Le sage : Oui et les dirigeants des pays fournisseurs de ces ressources en profitent en se servant au passage et en asservissant leur peuple.

L'enfant : Mais c'est de leur faute, il faut les arrêter !

Le sage : Et si tu avais ces responsables en face de toi, que leur dirais-tu ?

L'enfant : Qu'ils arrêtent de piller la nature, de détruire les sols, de dévaster la forêt, de priver les peuples locaux de leurs ressources.

Il regarda l'enfant avec tendresse et sourit mélancoliquement avant de s'adresser à elle dans un soupir.

Le sage : Et que te répondraient-ils ?

L'enfant :... Je ne sais pas.

Le sage : Les belles boucles d'oreille en or que je vois accrochées à tes oreilles viennent bien de quelque part.

La fillette parut troublée et balbutia :

L'enfant : Oui mais elles sont si petites.

Le sage : Tu as raison mais multipliées par plusieurs milliards d'enfants autour de la Terre ?

Et le téléphone portable de tes parents ou de tes amis fonctionne avec des matières rares.

L'enfant : Oui je sais.

Le sage : Et les ingrédients de ta pâte à tartiner au chocolat proviennent des pays émergents, pas des pays développés.

L'enfant : Oui, mais vous êtes aussi responsable vous !

Le sage : Oui, bien sûr.

L'enfant : Et moi aussi ?

Le sage : Oui.

Elle baissa les yeux et dit :

L'enfant : Alors, c'est de notre faute ?

Le sage : Disons qu'à titre individuel, nous sommes effectivement responsables de nos actes qui engendrent de grandes souffrances tant aux êtres humains qui vivent à l'autre bout du monde qu'à la nature qui nous environne.

Mais il faut savoir que c'est toute l'évolution de l'humanité qui est en cause, depuis les premiers hominidés jusqu'à nous.

L'enfant : Mais les hommes préhistoriques ne

causaient pas de dégâts à la nature ?

Le sage : Le tout est de placer le curseur au bon endroit.

Un Homme des cavernes se servant de son intelligence pour construire une lance avec un silex taillé en pointe possédait déjà un avantage certain sur le restant du vivant.

L'enfant : Mais à l'époque cela ne posait pas de problème.

Le sage : Simplement l'outil étant rudimentaire et les peuplades n'excédant pas quelques centaines d'individus, cela restait supportable par l'environnement.

L'enfant : Et aujourd'hui ?

Le sage : Les moyens ne sont plus les mêmes et pour en revenir aux dirigeants des grands pays producteurs de matières premières, ils ne sont pas responsables de tout ce qui se passe sur Terre, simplement ce sont des opportunistes qui profitent de la situation ce qui est tout à fait condamnable, mais si nous arrêtons nous-mêmes de consommer, ils n'auront plus de raison d'être et de continuer leur trafic.

L'enfant : Pourtant, il parait qu'il y aura deux fois plus d'avions dans trente ans et tout le monde est content, les investisseurs qui vont gagner beaucoup d'argent, les industriels qui feront tourner leurs usines et les politiques qui seront peut-être réélus pour avoir bien dirigé leur région ou leur pays.

Et puis cela donnera du travail à beaucoup de

gens, de nombreux touristes pourront découvrir des pays lointains.

Il perçut un ton interrogateur dans le regard de l'enfant.

Le sage : Oui, c'est notre société de consommation qui se drogue littéralement de toutes les nouveautés, c'est de la boulimie.

L'enfant : Mais dans le même temps, on dit que c'est une catastrophe pour le climat avec les gaz à effet de serre, une catastrophe pour les zones visitées qui sont saturées de touristes et qui sont défigurées, une catastrophe pour la planète avec l'extraction de tous les minerais nécessaires à la fabrication de tous nos moyens de transport modernes.

Alors ?

Le sage : C'est tout le paradoxe de nos sociétés d'aujourd'hui qui prennent conscience très lentement des conséquences de leurs actes et qui dans le même temps sont incapables à court terme de prendre les décisions douloureuses pourtant indispensables qui révolutionneraient leur façon de vivre.

L'enfant : Mais il y a la croissance verte non ?

Le sage : Écoute, la Terre fait 40 000 km de circonférence.

Or, il y a des milliers d'années, elle portait seulement quelques centaines de milliers d'individus.

Au 19e siècle, nous étions 1 milliard d'êtres humains et la Terre mesurait toujours 40 000 km.

Aujourd'hui, nous sommes 7 milliards et la Terre mesure ?

L'enfant : 40 000 km.

Le sage : Exact.

Après 2050, nous serons 11 milliards et la Terre mesurera ?

L'enfant :... Eh bien, 40 000 km.

Le sage : Toujours exact.

Nous allons faire une petite expérience si tu veux bien.

Imagine que pour ton anniversaire, on t'offre une petite tartelette aux fraises.

L'enfant : Hmmm...

Le sage : Maintenant, tu invites une dizaine de tes amies et tu partages la tartelette, que te reste-t-il ?

L'enfant : Euh... presque rien !

Le sage : Alors propose à chacune de tes amies l'équivalent de ta tartelette à partir de la tienne.

L'enfant :... Mais... c'est impossible !

Le sage : Et bien la Terre, c'est la même chose.

Maintenant, remplaçons les fraises par des fruits bios, la farine de la pâte par de la farine bio et le sucre industriel par du miel par exemple, as-tu plus à partager avec tes amies ?

L'enfant :... Non, la quantité reste la même !

Le sage : Tu comprends maintenant qu'avec la population d'aujourd'hui et encore plus demain que la croissance infinie, ce n'est juste pas possible.

À partir du moment où l'on pose le mot croissance, qu'elle soit verte, bleue ou rouge, cela ne change rien.

Une croissance infinie dans un monde fini, ce n'est techniquement pas possible, et cela ne relève ni de la religion, ni de l'économie ni de la politique, c'est juste de la physique, pas des mots en l'air.

L'enfant : Mais les politiques nous prédisent toujours la croissance non ?

Le sage : Oui pour être élus !

Un président peut-il sortir de sa manche de nouvelles sources d'énergie ou remplacer tout ce qui a été détruit ?

L'enfant : Et les énergies vertes, renouvelables ?

Le sage : Mais les énergies renouvelables existent depuis toujours !

Au Moyen-Âge, les bateaux à voiles fonctionnaient parfaitement, à la place des pétroliers géants ou des porte-conteneurs, Christophe Colomb peut en attester, enfin, pouvait !

Les bœufs ou les chevaux de trait étaient et sont encore capables en Inde ou en Afrique de tirer une charrue ou une remorque.

Une simple éolienne avec des canaux en terre ou en bois peut alimenter en eau des villages entiers.

L'enfant : Oui mais c'est long et pas très performant.

Le sage : Ah, nous y voilà !

Pourquoi se servir du pétrole si on peut tout faire avec du vent ou des animaux ?

L'enfant : Cela va plus vite, c'est plus rentable.

Le sage : Effectivement, cela revient à dire que si nous revenons aux solutions du passé tout à fait soutenables pour la planète, c'est la décroissance, mot abject rejeté par n'importe quel économiste du monde !

Tu as raison, rentabilité est d'ailleurs le mot à la mode.

Sais-tu pourquoi on ferme une école aujourd'hui ?

L'enfant : Non.

Le sage : Parce que ce n'est pas rentable.

Et un hôpital ?

L'enfant : Non.

Le sage : Parce que ce n'est pas rentable.

Et un commissariat de police ?

L'enfant : Non.

Le sage : Parce que ce n'est pas rentable.

L'enfant : Mais ces établissements sont là pour nous servir, nous aider, nous accompagner, pas pour gagner de l'argent.

Le sage : Dans une logique humanitaire, oui tu as raison, mais pas dans une logique comptable.

Analyse les mots que nous employons dans notre langage de tous les jours et cherche ceux qui se rapportent à la vitesse plutôt qu'à la sagesse.

L'enfant : Euh... TGV pour le train à grande vitesse.

Le sage : Oui, c'est juste.

L'enfant : Le haut débit pour plus de vitesse de fonctionnement des ordinateurs.

Le sage : Exact.

L'enfant : Le fastfood pour manger en vitesse.

Le sage : Toujours vrai.

L'enfant : Les commandes de biens à distance et les livraisons en drive pour tout avoir en vitesse.

Le sage : Absolument.

Tu comprends maintenant pourquoi tant de gens sont mal à l'aise, tout va trop vite, nous n'avons plus le temps de nous adapter.

De là en découlent tous les symptômes de notre vie moderne avec le mal de dos, mal de ventre, mal de tête, mauvaise nuit, dépression et ainsi de suite...

La vie n'a plus de sens pour beaucoup d'entre nous.

Or la nature a horreur de la vitesse.

Sais-tu combien de temps met une graine de carotte ou de haricot pour lever ?

L'enfant : Plusieurs semaines.

Le sage : Et un fruit pour arriver à maturité ?

L'enfant : Plusieurs mois.

Le sage : Et un arbre pour pousser ?

L'enfant : Plusieurs décennies voire des siècles. Certains arbres ont mille ans, c'est vrai ?

Le sage : Oui, les plus vieux ont connu le Moyen-Âge !

Elle ouvrit de grands yeux ébahis.

L'enfant : C'est fantastique !

Le sage : Oui et cela montre le décalage entre notre envie de vitesse et le temps qu'il faut à la nature pour se régénérer.

Les attentes de l'être humain sont incompatibles avec ce que peut lui donner la planète qui le porte.

As-tu entendu parler du jour de dépassement ?

L'enfant : Un peu, c'est quoi exactement ?

Le sage : C'est le jour de l'année où l'Homme a consommé tout ce que la Terre peut renouveler en une année, que ce soit l'absorption du gaz carbonique par les forêts, que ce soient tous les poissons pêchés qui puissent se reproduire, que ce soient tous les arbres coupés qui puissent être replantés, et tout ce qui est consommable qui puisse se régénérer.

L'enfant : Et alors ce jour, qu'est-ce que cela veut dire ?

Le sage : Ce jour, il y a quelques dizaines d'années se trouvait en fin d'année c'est-à-dire que la Terre pouvait à peu près se régénérer par rapport à ce que nous prélevions.

Or aujourd'hui, il intervient pour les pays modernes en milieu d'année, ce qui veut dire qu'au bout de quelques mois, nous avons épuisé les ressources renouvelables qui ont besoin d'une année entière pour être remplacées, donc nous vivons à crédit.

L'enfant : Certains cherchent une autre planète à habiter.

Le sage : Pour satisfaire tous les besoins de l'Homme moderne, il est vrai qu'il nous faudrait une deuxième planète et presque une troisième.

Mais crois-tu que ce serait la solution ?

L'enfant : Non, si nous n'arrivons pas à nous entendre sur la Terre, comment y arriverait-on ailleurs ?

La perspicacité de l'enfant l'étonnerait toujours.

Le sage : Effectivement, d'autant plus que cette planète, à l'heure où nous parlons n'a toujours pas été découverte par les astrophysiciens et que le temps pour y parvenir si on la découvrait se compterait en millions d'années !

L'enfant : Certains autres se disent que l'Homme s'est toujours adapté.

Le sage : C'est vrai, l'Homme s'est toujours adapté à son environnement mais aujourd'hui, le problème n'est pas là, ce qui se passe c'est que c'est notre environnement qui n'a plus le temps de s'adapter à l'Homme !

L'enfant : Et les nouvelles technologies ?

Le sage : Lesquelles ?

Qui peut supprimer le trop-plein de gaz à effet de serre que nous avons rejeté dans l'atmosphère ?

Qui peut en quelques mois replanter tous les arbres coupés ?

Qui peut remplacer à court délai le manque de poissons en raison de la surpêche ?

Qui peut rapidement rendre les terres à nouveau cultivables en raison de leur empoisonnement aux pesticides ou aux métaux lourds ?

L'enfant : Ce n'est pas gagné, il va falloir du temps.

Le sage : Aujourd'hui, rien n'existe pour remplacer tout ce que nous avons détruit.

Il faut savoir que les gaz à effet de serre déjà relâchés dans l'atmosphère ont une influence pour les 20 ans qui viennent, c'est-à-dire que si on arrêtait tout maintenant, la température continuera de s'accroitre sans que nous puissions rien y faire.

D'autre part, il faudra des centaines d'années pour les disperser.

Tous les efforts en la matière n'auront aucune influence sur les vingt prochaines années, les dés sont déjà jetés !

L'enfant : Alors les incendies géants des dernières années, c'est l'Homme ?

Le sage : Oui.

L'enfant : Et la perte de 50 % de la biodiversité depuis un demi-siècle aussi ?

Le sage : Oui.

Malgré nos connaissances d'aujourd'hui, et contrairement à ce que certains prétendent, à savoir que nous maitrisons de plus en plus la nature, que nous découvrons tous les jours de nouvelles espèces du vivant, que nous appréhendons leur façon de vivre, nous ne connaissons pas le millième de tout ce qui vit sur Terre et surtout, quasiment rien sur les interactions des uns vis-à-vis des autres.

L'enfant : C'est-à-dire ?

Le sage : Prenons un exemple.

Pour le confort des habitants, on démoustique des zones humides à proximité des villes.

Problème, s'il y a moins de moustiques, les oiseaux ne peuvent plus se nourrir.

L'enfant : Oui je comprends.

Le sage : Si les oiseaux disparaissent, les petits mammifères se nourrissant de ces oiseaux ne peuvent plus manger non plus.

L'enfant : Et alors ?

Le sage : Alors, les plus gros mammifères carnivores comme le renard ou le loup n'ont plus de quoi subsister.

Intriguée, la fillette avait l'impression de participer à une enquête policière.

L'enfant : Et quelles sont les conséquences ?

Le sage : En partant d'un lieu donné, on remonte tous les liens unissant tout ce qui vit sans prendre la mesure des conséquences finales.

Et voilà comment on détruit une chaine complète du vivant.

L'enfant : Et le virus aussi ?

J'ai entendu des gens dire que c'était la faute de tel président, ou tel ministre ou tel scientifique, que nous aurions dû être mieux préparés, que c'est inacceptable, et qu'eux n'y sont pour rien !

Le sage : Ah oui, ils n'y sont pour rien ?

Ils sont surs de ce qu'ils avancent ?

Sur quoi se basent-ils pour dire cela ?

L'enfant : Je ne sais pas, que ce ne sont pas eux qui ont organisé les secours et que ce virus est arrivé sans qu'ils interviennent.

Le sage : Vraiment ?

Sais-tu d'où vient le pétrole ?

L'enfant : Sous terre dans des régions souvent inhospitalières.

Le sage : Oui, et les terres rares dont nous avons besoin pour tous les appareils relevant des nouvelles technologies ?

L'enfant : La même chose, on en découvre tous les jours dans des endroits où l'homme n'a jamais mis les pieds.

Le sage : Exact, et les terres que nous nous accaparons en détruisant les forêts primaires pour faire pousser de la nourriture pour les animaux que nous mangeons ?

L'enfant : Ce sont des contrées quasiment inhabitées.

Le sage : Effectivement, et dans ces endroits quasiment vierges, que trouve-t-on ?

L'enfant : Des animaux sauvages.

Le sage : Oui, et bien souvent, dans l'entourage de ces animaux sauvages ?

L'enfant : Euh... il parait que des virus inconnus et parfaitement en osmose avec ce milieu sont présents depuis longtemps.

Le sage : Et comme nous l'avons dit, qui a besoin de toutes ces ressources ?

L'enfant : Eh bien, nous, tout le monde, au moins le monde moderne dont nous faisons partie.

Le sage : Et après tout cela, es-tu sure que ces gens-là n'y sont pour rien ?

Autant prendre un gamin la bouche toute noire et les mains collantes et s'entendre dire : « Non je n'ai pas mangé de chocolat moi ! »

Nous sommes tous responsables mais comme nous l'avons déjà évoqué, il est toujours plus facile de s'en prendre aux autres que de chercher chez soi l'origine du problème.

L'enfant : Alors, on l'a « dérangé » ?

Le sage : En quelque sorte oui, l'Homme qui fouille partout dans le monde, qui se développe à grande vitesse et se déplace encore plus vite a tout simplement généré lui-même cette pandémie.

Avant d'accuser qui que ce soit, il serait bon de réfléchir à deux fois sur les conséquences de nos actes.

L'enfant : J'ai entendu dire que ce virus sortait d'un laboratoire ?

Le sage : Hum... le virus Ebola en Afrique depuis des années sort-il d'un laboratoire ?

L'enfant : À priori non.

Le sage : Et le virus de la grippe espagnole pendant la Première Guerre mondiale qui a fait plus de morts que la guerre ?

L'enfant : Non et il n'y avait pas de laboratoires à l'époque.

Le sage : Et les virus de la lèpre ou de la peste au Moyen-Âge qui ont ravagé la moitié de l'Europe ?

L'enfant : Bien sûr que non.

Le sage : Alors avant de céder à la psychose, essayons de réfléchir calmement.

L'enfant : Mais certains s'appuient sur les technologies nouvelles en disant que si l'on se déplace moins, on polluera moins.

Le sage : Bien sûr, mais avec quoi fabrique-t-on les ordinateurs ou les smartphones ?

L'enfant : On l'a vu, il faut du pétrole et des métaux spéciaux.

Le sage : Sais-tu que pour envoyer un mail avec une pièce jointe, cela consomme autant d'électricité que de laisser une ampoule allumée toute une journée ?

L'enfant : Autant ?

Le sage : Oui, ou que l'ensemble des ordinateurs sur Terre, entre leur construction, leur utilisation et leur recyclage pollue autant que tous les camions qui roulent sur la planète ?

La fillette était ébahie devant ces chiffres.

L'enfant : Ce n'est pas la solution alors ?

Le sage : Pas vraiment non.

L'enfant : Et si on continue comme cela ?

Le sage : Tu as vu les incendies en Australie ou dans le sud de l'Europe ou encore en Californie ?

L'enfant : Oui, c'était terrible.

Le sage : Tu as assisté aux migrations massives de ces pauvres gens qui montent de tous les pays du Sud vers le Nord et ce sur tous les continents avec toutes les tensions entre les peuples que cela implique ?

La peur de l'étranger vient en partie de là, tous ceux qui arrivent dans les pays du nord ne le font pas de leur plein gré, c'est contraints et forcés qu'ils débarquent par bateaux entiers.

L'enfant : Oui c'est dramatique toutes ces familles séparées jetées sur les routes.

Le sage : Et les étés derniers, suite aux canicules à répétition, rien qu'en France, nous avions déjà des fleuves ne permettant plus aux bateaux de naviguer en raison de leur niveau d'eau trop bas.

Tout ceci, c'est déjà une réalité, c'est aujourd'hui que tout cela se passe, pas dans un siècle.

L'enfant : On nous promet à nous les jeunes générations des lendemains qui déchantent.

Le sage : Pas des lendemains, mais déjà aujourd'hui.

Connais-tu la relation entre les révolutions du

Printemps Arabe au Moyen-Orient et notamment en Syrie, la crise des gilets jaunes que nous avons connu en France, la crise des retraites en cours et le Covid-19 ?

L'enfant : Pourquoi, il y en a une ?

Le sage : Oui, tout est relié.

Une sècheresse sans précédent pendant plusieurs années a réduit à néant les récoltes au Moyen-Orient générant une impossibilité de nourrir les peuples et déclenchant les révoltes qui s'en sont suivies.

L'enfant : Ce n'était pas politique alors ?

Le sage : Au départ, non, le politique a simplement repris la chose à son compte, mais au départ c'est bel et bien un évènement climatique qui est en cause.

L'enfant : Et les gilets jaunes et les retraites ?

Le sage : En 2008, nous avons passé le pic de production de pétrole conventionnel, ce qui a entrainé mécaniquement une baisse de l'offre dans un monde en croissance.

Or moins de pétrole égale moins d'énergie donc moins de richesse, toute chose qui nous permet de « se payer du bon temps ».

L'enfant : C'est le pétrole qui paye nos retraites ?

Le sage : Bien sûr, l'énergie, c'est ce qui permet la croissance donc des bénéfices qui permettent d'assurer nos services sociaux et les aides diverses et variées dont nous bénéficions dans nos pays développés.

L'enfant : Et le virus là-dedans ?

Le sage : Comme nous l'avons déjà vu, l'être humain est allé défricher des terres inconnues pour trouver de nouvelles ressources qui ont mis le virus en contact avec le reste de l'humanité.

Ce travail de dégradation de l'environnement a engendré à son tour des gaz à effet de serre générant des canicules et des périodes de sècheresse menant aux soulèvements des peuples.

Le manque de ressources énergétiques à force de puiser dans les réserves ne nous permet plus la croissance tant désirée et ne nous donne plus les moyens de payer qui les retraites, qui les avantages sociaux et tout ce qui a fait le monde moderne.

L'enfant : Mais beaucoup de gens sont en attente du retour de la vie d'avant.

Le sage : Il faut que tu saches que si nous continuons dans cette voie, ceci n'est qu'un amuse-bouche de ce qui nous attend !

L'enfant : Il y a déjà pourtant de quoi avoir une indigestion !

Le sage : Maintenant, le hors-d'œuvre, le plat de résistance et le dessert nous attendent !

On pourrait s'en amuser si nous n'étions pas dans cette catastrophe annoncée.

Le problème n'est pas pour dans trente ou cinquante ans, les effets dramatiques de notre conduite sont déjà à l'œuvre.

L'enfant : Mais si on critique les gens ou les grands dirigeants sur leur façon de vivre, de consommer, de voyager, on se retrouve en face d'une agressivité énorme qui ne mène à rien.

Le sage : Tu as parfaitement raison.

Le but n'est pas de critiquer et encore moins de juger qui que ce soit.

L'enfant : Alors comment faire ?

Le sage : Imagine un groupe de randonneurs marchant dans la montagne, puis à un moment donné, l'un d'eux s'aperçoit qu'ils font fausse route.

À partir de là, il prévient les autres : « Eh, stop, nous ne sommes pas sur le bon chemin, nous devrions être là-bas, nous allons tout droit vers le précipice. »

S'en suit une discussion pour savoir quoi faire, demi-tour diront les uns, continuer tout droit diront les autres, on devrait peut-être partir plus à gauche ou plus à droite diront encore d'autres.

Au moment de l'alerte, y a-t-il de la haine, de la violence, de la critique ?

L'enfant : Non.

Le sage : Eh bien c'est la même chose pour nous, notre devoir est d'informer, d'échanger, de faire prendre conscience de la situation.

L'enfant : Mais certains ne seront pas d'accord de prendre à gauche ou à droite, eux veulent continuer tout droit !

Le sage : Oui, bien sûr ils défendent leurs intérêts !

Comme nous l'avons vu avec la tartelette aux fraises, c'est bien de décroissance dont il s'agit, pas d'une croissance d'une autre manière.

Et le mot est lâché, décroissance, qui fait se dresser sur la tête les cheveux de tous ceux qui veulent non seulement conserver tous leurs acquis mais bien sûr les augmenter encore et encore.

L'enfant : Alors c'est la guerre !

Le sage : Quelque part c'est positif, si les défenseurs du système actuel ruent dans les brancards, c'est qu'ils se sentent menacés donc ils sont en train de comprendre qu'il se passe quelque chose.

Tout d'abord, décroissance ne veut pas dire retourner à l'âge de pierre.

Ensuite, il faut bien comprendre que continuer de cette façon, c'est la mort assurée à plus ou moins brève échéance pour la quasi-totalité du genre humain y compris des nantis.

La question n'est plus de se dire si on veut un peu plus ou un peu moins de confort, un peu plus ou un peu moins de richesses matérielles, un peu plus ou un peu moins de vacances ou de salaire ou autre... mais juste de sauver notre peau !

L'enfant : Certains ont quand même des idées non ?

Ce n'est pas trop tard ?

Le sage : Trop tard ne veut rien dire, si c'était trop tard autant tout arrêter tout de suite et attendre que cela se passe.

C'est comme si en temps de guerre, un pays souhaitant libérer un autre pays assiégé par l'assaillant disait : « De toute manière, il y a déjà eu tellement de morts que cela ne sert plus à rien. »

Ce n'est pas parce que la catastrophe est en cours qu'il ne faut pas bouger.

On s'est aperçu avec l'arrêt de l'économie que le vivant retrouvait très vite ses marques, que ce soient les oiseaux, les insectes, les fleurs diverses et tout ce qui s'y rattache, preuve que si nous diminuons la pression sur notre écosystème, un retour à « la normale » est possible ce qui est bon signe.

L'enfant : Que peut-on faire ?

Le sage : La réponse est complexe et les réponses multiples.

Plutôt que trop tard, nous pouvons en effet dire qu'il est très tard.

Nous sommes passés d'une politique de la demande à une politique de l'offre, il faut donc changer de paradigme.

Vois-tu, au lendemain de la dernière guerre mondiale, il fallait attendre deux ans pour obtenir une Citroën 2CV après l'avoir commandée ce qui peut nous faire sourire alors qu'aujourd'hui, le moindre concessionnaire automobile peut proposer au client au moins dix voitures à prendre dans la journée.

L'enfant : Il fallait de la patience.

Le sage : Oui, nous sommes littéralement submergés par les offres diverses dont nous ne savons plus quoi faire.

À propos de la 2CV, connais-tu quel était le leitmotiv de son président d'alors, le très austère Pierre-Jules Boulanger qui a présidé à sa conception ?

L'enfant : Non.

Le sage : Eh bien c'était de concevoir quatre roues sous un parapluie !

L'enfant : C'est une drôle d'idée, et c'était quoi le but ?

Le sage : La situation après-guerre n'était pas très réjouissante, les pays étaient dévastés, tout était à reconstruire, les gens n'avaient plus d'argent et le but était de proposer un véhicule minimaliste, rudimentaire, qui passe partout et qui ne coute rien à l'achat comme à l'entretien.

Tout projet d'un véhicule trop lourd, trop cher ou trop complexe était systématiquement éliminé.

L'enfant : Et quel est le rapport avec notre époque où tout est permis ?

Le sage : Où tout était permis devrais tu plutôt dire.

On l'a vu, l'heure est à la sobriété, continuer ainsi nous conduit à notre perte.

Quoi de plus simple, de plus léger, de plus sobre, de plus économique qu'une 2CV ?

Aucun accessoire superflu, rien d'inutile,

l'antithèse totale de ce que l'on fabrique de nos jours, ce qui en a peut-être fait un des véhicules les plus géniaux de toute l'épopée automobile.

Le bureau d'études avait un cahier des charges qui partait d'une page blanche, le mot d'ordre était : « Faire le plus simple possible. »

L'enfant : C'est ce qui nous manque aujourd'hui.

Le sage : Oui et tu vois que cela ne date pas d'hier.

Crois-moi, un groupe d'ingénieurs à qui on proposerait un challenge du type : Fabriquez-moi une voiture ou un train ou une maison avec... rien ou presque, les plus inventifs, les plus ingénieux s'en donnerait à cœur joie !

Il ne faut pas voir l'avenir comme une régression mais comme un nouveau but, il faut mettre de la joie, de l'enthousiasme dans notre futur !

Si l'on remonte encore plus loin, dans le même ordre d'idée, Antoine de Saint Exupéry, ancien pilote de chasse durant la Première Guerre mondiale et accessoirement auteur du *Petit Prince* avait coutume de dire à propos de son avion : « La perfection est atteinte non pas lorsque l'on n'a plus rien à ajouter mais lorsque l'on n'a plus rien à retirer ! »

L'enfant : Mais, c'est tout le contraire de ce que l'on nous propose partout !

Il y avait déjà des gens pour prôner une sorte de décroissance alors, même à l'époque.

Le sage : Oui on peut dire que c'étaient des visionnaires qui s'adaptaient déjà aux contraintes de leur temps.

Pour avoir croisé un homme ayant vécu la Première Guerre mondiale dans les tranchées, ce dernier réparait ses bottes en caoutchouc qui étaient trouées avec des rustines pour chambre à air de vélo et de la colle.

Lui posant la question pourquoi il les réparait sachant qu'elles étaient bonnes pour la poubelle, il me répondit : « Une fois réparées, elles me serviront encore longtemps. »

Cela en disait long sur ce qu'il avait enduré et sur sa capacité de résilience sans céder aux modes de consommation.

L'enfant : Mais nous ne sommes plus du tout dans cet état d'esprit.

Le sage : Justement, le moment est venu de se poser les bonnes questions.

Il y a quelques décennies, les enfants étaient subjugués par la télévision, en noir et blanc à l'époque et qui n'offrait que deux chaines.

J'ai rencontré il y a quelque temps une personne qui, la veille au soir, cherchait un programme télé parmi le bouquet de 250 chaines disponibles.

Le lendemain, elle s'esclaffa : « Il n'y avait rien d'intéressant hier soir à la télé ! »

L'enfant : Nous sommes complètement blasés.

Le sage : Oui, plus rien ne semble satisfaire notre soif insatiable de nouveautés, Il en faut toujours plus et c'est cela le piège, il arrive un moment où nous ne trouvons plus nulle part de quoi nous enthousiasmer.

L'enfant : Et pour en revenir aux solutions, certains disent que c'est à l'état de faire des propositions, d'autres que c'est aux industriels, d'autres encore que c'est à chacun de prendre ses responsabilités à titre individuel.

Le sage : Eh bien, tout le monde a raison !

Tout d'abord, avant de trouver d'autres énergies, on pourrait peut-être économiser celles que l'on a.

Illuminer une zone industrielle toute la nuit par exemple.

L'enfant : Cela ne sert à rien !

Le sage : Effectivement, cela ne sert à rien en dehors de faire tourner des centrales à vide et accessoirement d'émettre de la pollution lumineuse gênant les animaux nocturnes.

L'enfant : Ou chauffer une habitation les fenêtres grandes ouvertes.

Le sage : Par exemple.

Ou prendre sa voiture pour chercher une baguette de pain à 500 mètres de son domicile.

L'enfant : Des touristes parcourent 10 000 kilomètres en avion pour 5 jours de vacances sur place.

Le sage : Oui, c'est le prix de l'énergie qui est anormalement bas qui permet ceci.

L'enfant : Pourtant, les gens se plaignent que l'essence ou le gasoil soient trop chers !

Le sage : C'est tout le paradoxe, on ne se rend pas compte du prix de l'énergie sauf quand elle vient à manquer.

Sais-tu ce que représente l'énergie dont se sert un être humain d'un pays moderne, même un simple ouvrier sans que cela n'ait rien de péjoratif ?

L'enfant : Non.

Le sage : Déplacer une voiture, faire fonctionner un ascenseur, chauffer une maison ou un appartement est équivalent à avoir à sa disposition entre 500 et 1000 esclaves qui travailleraient pour chacun d'entre nous.

La fillette écarquilla les yeux.

L'enfant : Tout ça ?

Le sage : Oui et nous ne nous en rendons même pas compte !

Un roi de l'antiquité ne possédait pas autant de ressources qu'un simple citoyen d'aujourd'hui.

L'enfant : Pourtant, une grande partie des gens sont mécontents de leur sort, pourquoi autant de grèves et de manifestations sinon ?

Le sage : C'est bien cela qui est dramatique.

Il faut bien savoir une chose, ce qui génère toutes ces tensions n'est pas le manque de ressources dans l'absolu mais les écarts qui ont vu le jour ces dernières décennies entre les populations.

Crois-moi, au lendemain de la guerre quand tout

était dévasté, on ne lorgnait pas sur le voisin qui avait tout perdu.

Le monde actuel est profondément injuste et crée des inégalités qui engendrent tout ce malaise.

L'enfant : Et cela vient de quoi ?

Le sage : L'Homme fonctionne par comparaison.

L'enfant : C'est-à-dire ?

Le sage : Imagine deux salariés à qui l'on donne au premier 1000 euros et au second la même chose.

L'enfant : Oui et donc ?

Le sage : On peut penser qu'étant traité de la même manière, il n'y aura pas de problème.

L'enfant : En effet, cela parait équitable.

Le sage : Maintenant, si on donne 2000 euros au premier, que se passe-t-il ?

L'enfant : Il sera content c'est sûr !

Le sage : Pas forcément non, si dans le même temps, on donne 3000 euros au second.

L'enfant : Oui c'est normal, cela n'est pas juste !

Le sage : Exact, et pourtant il était content avec 1000 euros et ne l'est plus avec 2000 !

L'écart entre les plus riches et les plus pauvres

ne cesse de se creuser engendrant beaucoup de problèmes entre les peuples.

Si l'on prend les plus grandes sociétés qui dominent le monde, l'écart entre un salaire de base et celui de son président peut atteindre un écart de 1 à 1000 !

L'enfant : Mais certaines personnes disent que cela ne sert à rien si les grandes sociétés ne bougent pas de leur côté.

Le sage : Si toutes les personnes à titre individuel faisaient un énorme effort, ce qui n'est pas gagné, nous économiserions 20 % de rejet de gaz à effet de serre.

L'enfant : Ce qui veut dire ?

Le sage : Que l'effort de tous est indispensable mais pas suffisant.

Dire que l'on ne bougera pas tant que l'autre n'aura pas fait d'effort n'a pas de sens.

L'enfant : Alors à qui de commencer ?

Le sage : À tout le monde !

20 % d'économie par les particuliers s'ils se montrent exemplaires comme on vient de le voir est indispensable mais pas suffisant.

Aux politiques effectivement de prendre les mesures et d'imposer des normes drastiques allant dans le bon sens.

L'enfant : Mais si cela ne suffit pas ?

Le sage : Ces normes ne concerneraient bien évidemment pas une seule catégorie de personnes ou de sociétés.

Sans rentrer dans le détail, les scientifiques étant bien plus légitimes sur ce débat, on peut dire grosso modo qu'il faudrait 20 % d'économie de ces fameux gaz à effet de serre dans les transports, autant dans l'agriculture et encore autant dans l'industrie.

L'enfant : Donc personne ne peut rejeter le problème sur l'autre ?

Le sage : Non, tout le monde est concerné de la même manière.

L'enfant : Mais si l'on veut diminuer les écarts, il faut commencer par réduire les dettes entre les riches et les pauvres.

Le sage : Oui, mais pour cela il faut une volonté forte de chaque côté pour trouver un accord.

L'enfant : Mais c'est impossible que les plus riches redonnent une partie de leurs biens.

Le sage : Bien sûr que si, cela s'est déjà produit par le passé d'effacer des dettes de pays en difficulté.

La finance moderne a érigé en dogme le profit, le toujours plus et l'impossibilité de régresser mais rien ne lui interdit de revenir sur sa position.

L'enfant : Et c'est possible, beaucoup de gens ne sont pas prêts à revenir en arrière ?

Le sage : Cela dépend de quoi on parle et nous amène à une chose fondamentale qui est de faire la différence entre le virtuel de nos sociétés modernes et le réel.

L'enfant : Qu'est-ce qui est virtuel ?

Le sage : Toutes les bases qui nous ont servi à bâtir notre économie.

Prenons un exemple.

Si je te dis que les dix euros que je t'ai prêtés, tu peux les garder, quel est le problème ?

L'enfant : Euh, si cela ne vous gêne pas, en effet ce serait possible.

Le sage : Eh bien pour notre économie, c'est la même chose, si certains pays ou certaines sociétés sont d'accord pour rééquilibrer les comptes par rapport aux plus fragiles, c'est tout à fait envisageable.

D'ailleurs, on a vu ces dernières années certains milliardaires redistribuer une partie de leur fortune aux plus démunis ou pour une cause qui leur paraissait digne d'intérêt.

L'enfant : Et le réel dans tout cela ?

Le sage : Le réel, c'est simple.

Imaginons comme pour la finance que finalement tous les arbres coupés dans les forêts primaires ou toutes les abeilles qui sont mortes intoxiquées ou que toutes les zones polluées, eh bien nous les effaçons comme les dettes, nous revenons en arrière, nous remettons les compteurs à zéro.

L'enfant : Mais c'est impossible !

Le sage : Tu as malheureusement raison, effectivement c'est impossible.

On touche du doigt à travers cet exemple quelque chose que beaucoup de gens ont encore du mal à imaginer et que toute la destruction du vivant qui est en cours et qui continue au moment où nous parlons est irréversible et qu'il est plus que temps d'agir.

L'enfant : Pourtant, toutes les dernières nouveautés apportent leurs lots de progrès.

Le sage : Attention, nous abordons ici un sujet extrêmement sensible.

Il ne faut pas confondre nouveauté avec progrès.

L'enfant : Mais chaque évolution a toujours fait avancer le monde.

Le sage : Avancer, oui, mais avancer dans le bon sens, en es-tu sure ?

L'enfant : Il n'y a pas que de bonnes choses c'est vrai mais généralement cela permet d'améliorer le quotidien des gens.

Le sage : Alors prenons un exemple.

La création de la bombe atomique a permis de détruire dans le passé des centaines de milliers de vies en quelques minutes ce qui est un sacré progrès pour les militaires qui étaient obligés par le passé de tuer les adversaires un par un ou dix par dix à l'aide de mitrailleuses ou de canons.

Es-tu toujours convaincue que l'on puisse appeler cela du progrès, pourtant c'est nouveau.

L'enfant : Oui c'est vrai vu sous cet angle.

Mais pour la pollution, tout le monde dit que pour le transport routier, l'avenir, c'est la voiture électrique.

Le sage : Parfait tout cela, très bien !

À propos, sais-tu comment fonctionne une voiture électrique ?

L'enfant : Il suffit de la brancher sur une prise de courant.

Le sage : Oui, sauf que pour la fabriquer, il faut déjà des métaux rares qui comme leur nom l'indique ne sont pas inépuisables.

Pour certains, les réserves seront en grandes tensions d'ici quelques années !

Ensuite, pour extraire ces matériaux, nous avons besoin de quantité astronomique de produits chimiques qui sont une véritable catastrophe pour l'environnement.

Sais-tu que certains villages en Chine sont appelés les villages du cancer.

L'enfant : Non pourquoi ?

Le sage : Parce que ces lieux sont tellement pollués que par endroit, 30 à 40 % des habitants sont atteints d'un cancer !

L'enfant : Mais c'est affreux !

Le sage : Oui mais l'économie prime, la fin justifie les moyens.

Ensuite, pour construire la voiture, l'équiper, la peindre, il faut du pétrole.

Puis l'électricité, il faut la produire soit avec du nucléaire qui n'émet pas de gaz à effet de serre mais qui pose d'autres problèmes de sécurité, soit avec des énergies renouvelables incapables en quantité de remplacer le pétrole, soit avec du charbon très nocif en termes de rejet de gaz à effet de serre ce qui nous ramène au point de départ.

L'enfant : Mais elle ne pollue pas en roulant.

Le sage : Localement non, mais sa fabrication avec les moyens dont nous venons de parler ainsi que la production d'électricité à base d'énergie fossile, si.

Or ce processus ne se fait pas chez nous, donc nous ne faisons que déplacer la pollution.

L'enfant : Ah, alors nous vidons notre poubelle chez le voisin, c'est ça ?

Le sage : Pire que cela, non seulement nous la vidons chez le voisin mais en plus, aux yeux de tous, à commencer par nos propres concitoyens ainsi que devant les autres pays, notre empreinte carbone diminue et nous sommes félicités pour cela.

L'enfant : Mais c'est abject !

Le sage : Cynique, oui assurément.

L'enfant : Ce n'est pas une bonne solution alors ?

Le sage : Disons que ce peut être un bon complément, une alternative supplémentaire pour pouvoir se déplacer à condition que l'électricité soit d'origine renouvelable mais de là à remplacer la totalité des voitures à pétrole, certainement pas.

Nos capacités de recharge des batteries sont totalement incapables d'y pourvoir.

Les spécialistes en la matière s'accordent à penser que les énergies renouvelables pourraient subvenir à hauteur de 10 à 30 % de notre demande dans le meilleur des cas.

De plus, la quantité faramineuse de métaux rares qu'il faudrait pour fabriquer toutes ces voitures est tout bonnement incompatible avec les ressources actuelles.

Pense qu'extraire ces fameuses terres rares de la planète reviendrait par comparaison à vouloir récupérer en termes de proportion les quelques grammes de sel dans une boule de pain une fois que celle-ci a été cuite par le boulanger.

Cela demande une énergie considérable fournie par les produits pétroliers et génère une pollution indescriptible comme on l'a déjà vu.

L'enfant : Mais on cherche toujours à faire plus avec d'autres moyens mais jamais à essayer de faire moins.

Le sage : Absolument, regarde les publicités, quel que soit le produit vanté, voiture, smartphone et j'en passe, les slogans sont du genre : dépasser les limites, ouvrons le champ des possibles, et tout devient possible...

Eh bien non, tout n'est pas possible, c'est un

leurre, on veut nous faire croire que l'on peut faire n'importe quoi, seulement la crise du virus, qui n'est pas la première et qui n'est pas la dernière est venue très brutalement nous le rappeler.

Il est à noter, sans faire de catastrophisme aucun que les prochaines crises qu'elles soient d'ordre sanitaire, climatologique, liées à la pollution ou autres, risquent d'être encore plus sévères si nous continuons sur le même rythme ce qui apparemment est le cas, les discours des dirigeants et des politiques n'ayant manifestement pas varié depuis la reprise de l'activité.

Le mode de vie actuel ne fait que préparer le terrain de la prochaine pandémie.

Mais tout cela n'est pas inéluctable, il nous revient à nous, êtres humains, habitant cette planète de prendre soin d'elle.

L'enfant : Pourtant certains voient arriver la fin du monde avec cette pandémie, le terrorisme, ou les catastrophes naturelles que nous avons eues dans le sud avec ces glissements de terrain et ces torrents qui emportent tout sur leur passage...

Le sage : Tout d'abord il ne faut pas tout mélanger, ces différents évènements n'ont rien à voir les uns avec les autres, quoi que...

L'enfant : Quoi que ?

Le sage : La pandémie n'a pas déclenché de glissements de terrain pas plus que les orages n'ont incité les terroristes à agir, en revanche tous ces faits sont bel et bien reliés à l'Homme ou tout au moins à ses agissements.

L'enfant : C'est à dire ?

Le sage : La pandémie comme nous l'avons vu trouve son origine dans le défrichement de zones sauvages ayant mis en contact le virus avec l'être humain.

Le terrorisme provient aussi de notre conduite peu avouable dans certains pays aux fins de recherches de réserves d'énergie fossile avec des conflits par pays interposés générant des guerres, des déplacements et des réactions de certaines populations à l'encontre des peuples occidentaux, la misère faisant bien évidemment le terreau de tous les populismes et des actes barbares qui en découlent.

Quant aux catastrophes naturelles ayant endeuillé le pays, franchement, quand on voit les endroits où ont été construits, moyennant accord entre quelques promoteurs peu scrupuleux et les communes qui les abritent, certaines maisons ou certains bâtiments dans le lit d'un torrent dont on savait tôt ou tard qu'il déborderait un jour, il ne faut pas s'étonner du résultat.

L'enfant : Vous voulez dire que c'est notre façon de vivre qui est à l'origine de tout cela ?

Le sage : Bien sûr, et comme beaucoup d'évènements arrivent en même temps, nous nous demandons ce qui nous arrive parce que jusqu'à maintenant tout se passait à peu près bien.

Sauf qu'il arrive un moment où il faut « payer l'addition », l'Homme ne peut pas impunément se servir de la Terre qui le porte, en faire n'importe quoi et la « jeter » quand il n'en a plus besoin.

C'est cette prise de conscience qui est brutale pour beaucoup, qui explique cette sidération, les plus à l'écoute, les plus avertis, les plus ouverts et conscients le dénoncent depuis longtemps.

L'enfant : Beaucoup de gens sont terrorisés par tout ce qui arrive en entendant les informations.

Le sage : Parlons-en justement.

S'il n'est pas question de nier la situation actuelle, le monde d'aujourd'hui, notamment à travers les médias produit une caisse de résonnance terrible qui amplifie le phénomène et peut conduire les plus déstabilisés d'entre nous à sombrer dans la dépression.

Une personne habitant un petit village tranquille que l'on interrogeait il y a quelque temps sur les violences urbaines répondait ne pas avoir l'esprit tranquille.

Le journaliste l'interrogeant lui posait la question si elle-même avait été victime de ces violences, elle répondit que non.

Alors sa famille ou ses amis, mais non pas plus qu'elle.

Alors dans son village ?

Non toujours pas.

Alors dans sa région ?

Sa réponse fut toujours non.

Mais de quoi avez-vous peur alors lui demanda-t-il ?

Mais avec tout ce que l'on entend à la télé...

Voilà une personne qui ne dormait plus juste pour avoir entendu les informations sans avoir été inquiétée elle-même le moins du monde ni de près ni de loin.

L'enfant : C'est notre rapport à notre environnement global qui est remis en cause.

Le sage : Oui, de grosses questions de sens nous surgissent à la figure en raison des évènements.

Le fondateur d'un gros réseau social mondialement connu répondait à une question qui lui était posée concernant la sécurité sur son site.

L'enfant : Et alors ?

Le sage : Alors, il répondit humblement que la situation lui échappait et que cela devenait hors de contrôle.

Dans le même ordre d'idée, une scientifique de la pétrochimie que l'on interrogeait sur le recyclage des plastiques et leur dégradation dans la nature avoua là encore que la situation était hors de contrôle.

L'enfant : Nous sommes en train de prendre conscience que le monde nous échappe et que ce que nous avons créé ne répond plus à nos ordres, c'est bien cela ?

Le sage : Oui exactement, l'Homme a joué à l'apprenti sorcier et il est en train de s'apercevoir qu'il ne maitrise plus la situation.

L'enfant : Je vois partout qu'il faut absolument consommer, relancer l'activité, voyager pour redémarrer.

Le sage : Consommer, consommer, consommer...

Oui, c'est bien triste, cela nous est rabâché comme un mantra, c'est d'une violence inouïe vis-à-vis de la Terre qui nous porte, notre Terre Mère nourricière.

L'enfant : Alors c'est comme la violence faite aux femmes, aux mères.

La sensibilité de la fillette l'étonnerait toujours.

Le sage : Oui, on peut y voir un parallèle en effet entre la destruction ou plus exactement l'exploitation de notre Terre Mère nourricière jusqu'à la destruction complète et le sort réservé aux Femmes Mères nourricières de par le monde y compris dans notre propre pays qui consiste à les réduire à de simples objets pour assouvir tous nos désirs, nos caprices et malheureusement parfois aussi jusqu'à la mort.

L'enfant : Mais pourquoi en arrive-t-on à cette extrémité-là ?

Le sage : Les spécialistes du cerveau l'expliquent très bien.

Très schématiquement, pour faire simple pour ne pas dire simpliste, nous avons deux parties dans notre cerveau.

L'une, le striatum qui nous pousse à l'effort pour obtenir une récompense et l'autre, le cortex qui « réfléchit », qui analyse.

Cette situation qui nous conduit à avoir toujours plus pouvait très bien s'expliquer lorsque nous étions aux temps préhistoriques et qu'il fallait absolument trouver de la nourriture, se reproduire, se protéger.

Sans cette quête permanente, la nature ne faisant pas de cadeaux, seuls les plus forts ou les plus téméraires ou encore les plus malins s'en sortaient.

L'enfant : Et aujourd'hui ?

Le sage : Aujourd'hui, comme nous l'avons vu, plus aucun effort ne nous est nécessaire ou presque pour obtenir à manger, se chauffer ou se déplacer.

Mais le cerveau continue de fonctionner comme avant, il lui faut « sa dose » pour être satisfait d'où les dérives que nous constatons autour de nous.

L'enfant : Il n'y a pas de solutions alors ?

Le sage : Si, mettre notre intelligence au service de la planète et non pas l'inverse.

L'enfant : Alors c'est à nous de « jouer » ?

Le sage : Oui en effet, si chacun y met du sien, nous pouvons espérer des lendemains qui chantent.

Et puis comme le disait Nelson Mandela : « Aucun de nous, en agissant seul ne peut atteindre le succès. »

L'enfant : Pourtant il y a des gens qui construisent des bunkeurs pour se protéger en stockant toute la nourriture et en s'équipant d'armes à feu.

Le sage : Oui c'est un réflexe de survie mais qui est totalement inutile, un être seul même bien équipé ne peut pas tenir très longtemps, il n'en a pas les capacités.

La seule chance de s'en sortir c'est de réfléchir collectivement à petite échelle de quelques centaines voire quelques milliers de personnes au niveau local pour avoir de la résilience et faire face aux défis qui nous attendent.

On pourrait résumer cela en une phrase : « Tout seul on va plus vite mais ensemble on va plus loin. »

Pour conclure sur une autre réflexion de Nelson Mandela : « Cela semble toujours impossible jusqu'à ce qu'on le fasse. »

Elle comprit le rôle joué par l'être humain et se faisait une idée plus précise de ce qui l'attendait.

Elle regarda autour d'elle, prit son inspiration et contempla son environnement le cœur plus léger.

Elle était en paix avec ses semblables, en paix avec la Terre, en paix avec elle-même.

Imprimé en France - 42886 - 14110 Condé-sur-Noireau
RapidBook, une marque du Groupe Corlet Imprimeur